Karin Bach

Die unglaubliche Reise des Julius Magnus von Froschhausen

edition winterwork

Bibliografische Informationen der Deutschen Nationalbibliothek:
Die Deutsche Nationalbibliothek verzeichnet diese Publikation in der Deutschen Nationalbibliografie. Detaillierte bibliografische Daten im Internet über http://www.d-nb.de abrufbar.

Impressum

Karin Bach, »Die unglaubliche Reise des Julius Magnus von Froschhausen«
www.edition-winterwork.de

Satz: Karin Bach - www.karin-bach.de / kontakt@karin-bach.de
Umschlag: edition winterwork
Druck und Bindung: winterwork Borsdorf

ISBN 978-3-96014-213-3

Die unglaubliche Reise des Julius Magnus von Froschhausen

Karin Bach

edition winterwork

Kapitel 1

• • •

Juli 2016

„Was geistert denn da draußen herum?“, ruft Florian ganz verdutzt. „Ich glaube, da hat sich jemand beim Fasching verlaufen, obwohl das jetzt, mitten im Sommer, ja eigentlich nicht sein kann. Mama, komm doch mal her!“

Florians Mutter trocknet sich die nassen Hände ab, sie hat gerade Salat gewaschen. So schnell wie möglich will sie nachsehen, warum ihr Sohn so aufgeregt ist.

Tatsächlich - auf dem Terrassenstuhl sitzt ein verstört wirkender Mann. Sein Aussehen erinnert an das neunzehnte Jahrhundert. Er hat einen kleinen Bart, trägt im linken Auge ein Monokel und an seinen Füßen sind weiße Gamaschen. Aus seiner Jackentasche schaut eine Taschenuhr hervor, die er ununterbrochen herausnimmt und wieder hineinsteckt. In seiner linken Hand hält er einen Rohrstock.

Florians Mutter geht hinaus und spricht den Fremden an.

„Guten Tag, kann ich Ihnen helfen?“ Der Mann mustert die Frau und wendet sich dann von ihr ab. Nach längerem Überlegen räuspert er sich und fragt von oben herab:

„Ist Ihr Gatte zu Hause?“

„Nein, mein Mann ist an seiner Arbeit, er kommt erst heute Abend zurück.“

Während der Unbekannte geistesabwesend in eine andere Richtung schaut, macht sie sich Gedanken über sein merkwürdiges Benehmen. Krampfhaft überlegt sie, wie sie sich verhalten soll. Kann er eventuell gefährlich werden? Sie schaut hilfesuchend über den Nachbarzaun, entdeckt jedoch niemand, den sie um Hilfe bitten könnte. Erneut spricht sie den Fremden an.

„Geht es Ihnen nicht gut, soll ich einen Arzt rufen?“ Sie sieht wie er zittert und sein Gesicht fahl wird. Bestimmt braucht er bei dieser Hitze einen Schluck Wasser, überlegt sie und verwirft ihre Bedenken.

„Sie kommen jetzt erst mal mit ins Haus, und dann sehen wir weiter.“

Verwirrt schaut der recht gut gekleidete Mann sein Gegenüber an, lässt sich aber nur widerwillig hereinbitten. Ungläubig und erstaunt zugleich blickt er um sich, so als würde er im Spiegel ein anderes Gesicht sehen als sein eigenes.

Frau Meininger führt ihn ins Wohnzimmer und bittet ihn, auf der Couch Platz zu nehmen. Sie bringt ihm ein Mineralwasser, das er sofort zu trinken beginnt, denn sein Hals ist wie ausgetrocknet. Doch gleich darauf spuckt er es in hohem Bogen aus.

„Was ist denn das für ein Teufelszeug?“ ruft er entsetzt.

Ganz verdattert nimmt sich Frau Meininger ebenfalls ein Glas, schüttet sich ein und probiert vorsichtig den Inhalt. Ist vielleicht etwas Unappetitliches in der Flasche? Doch sie kann nichts feststellen.

Irritiert sagt sie: „Das ist ganz normales Mineralwasser mit Kohlensäure. Was soll daran schlecht sein?“

Inzwischen kommt Florian in die Stube und mustert den Fremden. Er nimmt sich ebenfalls aus der Flasche Wasser und trinkt es mit Genuss.

Ärgerlich springt der Fremde auf und will Florian das Glas aus der Hand schlagen. Dabei schreit er die Mutter an: „Sie wollen wohl Ihren Sohn vergiften?“

„Was soll das?“, ruft Frau Meininger wütend und stellt sich hoch erhobenen Hauptes und mit geballten Fäusten vor ihn. „Ich lasse mich doch von Ihnen nicht in meinem eigenen Haus beleidigen. Benehmen Sie sich so, wie man es von einem Gast erwarten kann.

„Wie kommen Sie dazu, so mit einem Lehrer der Oberstufe zu reden“, sagt der merkwürdige Mensch. „Und wie laufen Sie überhaupt herum? Ihr Mann muss sich ja geradezu schämen.“

Die junge Mutter schaut an sich herunter und sieht nichts Verwerfliches. Sie trägt eine kurze Hose und ein T-Shirt umspielt ihre schlanke Figur. Es ist Sommer und die Hitze empfindet man in diesem Jahr als besonders unerträglich. Ihre kurzen, blondierten Haare hat sie kess ins Gesicht gekämmt. Niemand würde sie auf bald Vierzig schätzen.

So langsam steigt ihr die Zornesröte ins Gesicht und sie kann sich nur mühsam zurückhalten. Florian steht mit offenem Mund daneben. Er befürchtet, dass die Beiden gleich aufeinander losgehen.

Da schnauzt ihn der ungebetene Gast an und sagt:

„Was stehst du hier herum, hast du keine Arbeit? Gehe hinaus, säge Holz oder füttere die Hühner.“

„Hä?“ Florian tippt sich an die Stirn und sagt zu seiner Mutter: „Der Alte tickt nicht richtig, oder?“ Sofort springt der Fremde auf und will Florian eine Ohrfeige verpassen.

Entsetzt geht seine Mutter dazwischen und hält ihm die Hand fest.

„Bei uns wird kein Kind geschlagen, machen Sie, dass Sie rauskommen.“ Demonstrativ hält sie die Tür auf und tatsächlich: Der Unbekannte geht schleppenden Schrittes hinaus. Durch die Fensterscheibe wird er von zwei sehr skeptischen Augenpaaren beobachtet.

„Was meinst du, wie alt der Mann ist?“ Florian wartet nicht auf die Antwort seiner Mama und spricht weiter.

„Irgendwie tut er mir trotzdem leid. Ob er ein bisschen verwirrt ist? Wir sollten vielleicht die Polizei verständigen.“

„Ich habe zwar auch schon daran gedacht, aber so lange er friedlich ist, lassen wir das“, antwortet die Mutter. „Wenn er nicht von alleine weggeht, warten wir auf Papa. Er soll dann entscheiden, was gemacht wird.“

In der Zwischenzeit kommt die 14-jährige Jessy nach Hause. Bauchfrei, mit Piercing im Nabel und ihrem Smartphone in der Hand, stürmt sie die Gartentreppe hoch. Dann bleibt sie verdutzt vor der Haustür stehen und starrt den Mann an, der mit steifem Kragen und im korrekten Anzug mitten in der Sonnenglut steht.

Aus den Augenwinkeln heraus sieht sie, wie ihr Mama und Florian durch das Fenster Zeichen geben. Florian wedelt mit seiner flachen Hand vor den Augen herum und signalisiert ihr: „Der ist plemplem.“

In diesem Moment klingelt ihr Telefon. Der Fremde zuckt zusammen und schaut mit großen Augen, wie Jessy es ans Ohr setzt und spricht. Sie lacht, ruft mehrmals: „Das ist ja irre“, verdreht die Augen und gibt zum Schluss Küsschen in den Apparat.

Voller Empörung steht er auf und ruft:

„Ich denke, ich muss den Herrn Pfarrer herbestellen. In diesem Haus sind alle besessen.“ Doch im nächsten Moment wird ihm bewusst, dass er gar nicht weiß, wo er sich überhaupt befindet!

In seinem Kopf rattert es, wie wenn der Ochsenkarren seines Nachbarn durch einen Steinbruch fährt, und er kann immer noch nicht verstehen, wo er ist und wie er in diesen Garten gekommen ist. Er schaut sich um und erkennt, dass auch das Haus fremd aussieht.

„Aber ich kann mit den Leuten sprechen, sie verstehen mich.“

Plötzlich überkommt ihn ein *menschliches Bedürfnis.*
Würdevoll verlässt er die Terrasse und geht um das Haus, um ein *stilles Örtchen* aufzusuchen. Gleichzeitig hält er Ausschau nach einem Brunnen, an dem er seinen Durst zu stillen hofft. Doch nirgends kann er etwas entdecken. In diesem Moment jagt ein Düsenjäger über das Haus. Entsetzt springt er zur Seite und wirft sich zwischen die großen Rhabarberblätter. Kaum kann er den Kopf bewegen, da donnert auch schon das nächste Flugzeug über seinen Kopf hinweg. Entsetzt hält er sich die Ohren zu und beginnt, so langsam an seinem Verstand zu zweifeln. Sein Monokel hat er verloren, an seinem Bart klebt Erde und seine weißen Gamaschen sehen aus, als hätte er damit Fußball gespielt.
Das alles hat Familie Meininger beobachtet. Jessi, Florian und ihre Mutter können sich das Lachen nicht verkneifen, und Jessi macht sofort ein Foto mit ihrem Smartphone. Das wird sie am Abend per WhatsApp versenden; ihre Freundinnen werden große Augen bekommen!

„Was machen wir jetzt nur mit ihm?“, fragt die Mutter ratlos ihre Kinder. Ich werde noch einmal zu ihm hingehen, und ihr Beide kommt mit.
Vorsichtig nähern sich die drei dem noch recht jungen Mann, der sich mittlerweile aufgerappelt hat und immer wieder zum Himmel schaut.

„Mein Herr, es wäre schön, wenn Sie mir sagen, was Sie von uns möchten. Ich kenne noch nicht einmal Ihren Namen. Ich heiße Marion Meininger und das sind meine Kinder Jessi und Florian. Sie müssen heraus aus der heißen Mittagssonne, sonst bekommen Sie noch einen

Sonnenstich. Gehen Sie doch mit uns ins Haus. Aber benehmen Sie sich bitte so, wie es sich für einen Gast gehört."

Der Mann scheint der Frau zuzustimmen aber er ist in einer Zwickmühle. Er muss dringend einen Abort aufsuchen. Doch wie soll er danach fragen? Wäre ein Mann hier, könnte er sich erkundigen. Aber so? In diesem Garten gibt es keine verwilderte Ecke, wo er sich hätte diskret erleichtern können. Alles ist so aufgeräumt und die Nachbarn können sich gegenseitig sehen. Mit zusammengekniffenen Pobacken schleicht er mit ins Haus und fragt sich, wie er das Problem wohl lösen kann.

Frau Meininger spürt die Unruhe des Mannes und überlegt, was er hat. Komisch, irgendwie verhält er sich so wie ihre Kinder, als sie noch klein waren. Sie wurden immer zappelig, wenn sie zur Toilette mussten, es aber nicht wahrhaben wollten oder sich keine Zeit nahmen.

Das Telefon klingelt, sie nimmt es von der Station und meldet sich: „Hallo Schatz, schön dass du anrufst. Wir haben Besuch. Kommst du heute pünktlich nach Hause?" Sie hört ihrem Mann einen Moment zu und sagt dann:

„Darüber kann ich jetzt nicht sprechen. Bis gleich."

Nach dem Gespräch schaut sie zu dem seltsamen Herrn, der starr auf der Couch sitzt und die Stirn runzelt. Man sieht ihm förmlich an, wie seine Gedanken Purzelbäume schlagen. Aber er sagt nichts. „In diesem Haus scheint es zu spuken", denkt er erneut bei sich.

Noch einmal spricht ihn die Hausherrin an und bittet ihn, ihr doch seinen Namen zu sagen, damit sie ihn auch anreden könne. Nach kurzem Überlegen lässt sich der Fremde dazu herab und sagt klar und deutlich und mit selbstbewusster Betonung:

„Ich bin Lehrer der Oberstufe und heiße Julius Magnus von Froschhausen."

„Danke, Herr von Froschhausen; mein Name ist Marion Meininger. Möchten Sie sich vielleicht etwas frisch machen nach dem heißen Tag heute? Ich zeige Ihnen unser Bad. Folgen Sie mir einfach!"

Wieder sieht sie, dass der Mann kaum noch laufen kann und erneut die Beine zusammenpresst.

„Im Bad ist auch unsere Toilette." Unschlüssig sieht sich der trotz seiner Namensnennung immer noch Unbekannte in dem hübschen Bad um und fragt sich, wozu dieser Raum gut ist. Hinter ihm wird die Tür leise geschlossen.

Irritiert steht er in dem Raum und kann kaum noch klar denken, so dringend müsste er ein *Häuschen* aufsuchen. Er kann nicht länger warten und beschließt, die Dame des Hauses so diskret wie möglich nach einem Abort zu fragen. So öffnet er die Tür und folgt den Stimmen, die aus dem Salon kommen, wie er in Gedanken das Zimmer nennt, in dem er gesessen hat. Frau Meininger wundert sich, dass er so schnell wieder da ist und sieht ihn fragend an.

„Werte Dame", sagt er etwas gezwungen und nur für sie hörbar: „Ich müsste mal das stille Örtchen aufsuchen, und ich bitte Sie, mir zu sagen, wo ich es finde. Ich bin draußen bereits um das Haus gegangen, habe aber nichts entdecken können."

Ratlos schaut Frau Meininger ihren Gast an und sagt etwas verstört: „Sie waren doch gerade im Bad, da ist doch eine Toilette. Warum haben Sie die nicht benutzt?"

Ärgerlich überzieht Röte das Gesicht des adligen Herrn von Froschhausen und empört antwortet er: „Sie haben mich in ein merkwürdiges Zimmer geführt, dessen Sinn sich mir nicht erschließt. Was sollte ich da?"

Frau Meininger schüttelt den Kopf, zieht die Schultern

hoch und schaut hilfesuchend zu ihrem Sohn Florian.

„Mama, merkst du denn nicht, dass der Herr Dingsda keine Ahnung hat, was ein Badezimmer ist?“

„Sagen Sie mal, kommen Sie aus dem Mittelalter oder wie?“, fragt Florian.

Er dreht sich um, geht auf den verärgerten Mann zu und nimmt ihn bei der Hand. Dabei zieht er ihn geradewegs in Richtung Bad.

„So“, sagt er, „Hier können Sie hineinpinkeln“ und öffnet den Klodeckel. „Kapito?“ Als der Verdutzte immer noch keine Anzeichen des Verstehens zeigt, fackelt Florian nicht lange, zieht seine eigene Hose runter und setzt sich auf den Toilettenrand.

„Hier macht man sein Geschäft hinein. Wenn man fertig ist, muss man diesen Knopf drücken“, was er demonstrativ auch macht. Im selben Moment spült Wasser die Schüssel aus.

„Haben Sie das verstanden? Ach ja, hier können Sie den Wasserhahn aufdrehen und sich die Hände waschen.“ Damit ist Florians Mission beendet. Er verlässt den Raum und verdreht dabei die Augen.

Wie ein Schwarm wild gewordener Bienen jagen die Gedanken durch den Kopf des Fremden.

„Wo bin ich hier nur hingeraten?“ Aber für Überlegungen ist keine Zeit, wenn er seine Hose nicht nass machen will. Mit beiden Händen betastet er die Klobrille und vergewissert sich, dass die Tür auch wirklich geschlossen ist. Dann geht alles sehr schnell und er erleichtert sich. Zu seinem Entsetzen muss er wegen der ganzen Aufregungen auch noch „groß“ und fragt sich, wie er sich seinen Allerwertesten wohl abputzen kann. Auf einer Rolle sieht er etwas, das nach Papier aussieht. Feste zieht er daran.

„Jetzt ist schon alles egal!“, denkt er und benutzt das

seltsame Zeug, um sich zu säubern. Danach steht er auf dreht sich um, sieht seine Hinterlassenschaft in dem sauberen Gefäß schwimmen und wird blass. Das Papier hält er dabei noch in den Händen. Angewidert wirft er es in die Toilettenschüssel.

„Was habe ich getan? Ich habe mich hoffnungslos blamiert!“ Er überlegt krampfhaft, wie er diese Schweinerei beseitigen kann. Seine Hände beginnen zu zittern; Schweiß steht auf seiner Stirn. Auf einmal fällt ihm ein, was der Junge gesagt hat. Man muss einen Knopf betätigen, damit Wasser aus dem Spülkasten kommt. Vorsichtig drückt er darauf und erschrickt, dass es tatsächlich funktioniert. Sofort verschwindet alles in der unbekannten Tiefe und hinterlässt auf dem Gesicht des Herrn von Froschhausen denselben Ausdruck, wie ihn eine Katze bei Regen hat.

Nun zeigen seine Hände deutliche Spuren, was ihm sonst eher nicht passiert. Er ist einfach zu aufgeregt.

„Julius Magnus!“ ermahnt er sich selbst, „Du musst jetzt einen klaren Kopf behalten und gut überlegen, was zu tun ist!“ Sein Blick fällt auf das Waschbecken, und er erinnert sich daran, dass aus dem silbernen Ding darüber wohl ebenfalls Wasser herauskommt. Vorsichtig dreht er daran. Im selben Moment tritt ein heller, klarer Wasserstrahl hervor. Einen Finger streckt er vorsichtig darunter und stellt fest, dass das Wasser mollig warm ist.

„Es ist genauso unglaublich, wie die Tatsache, dass Weihnachten und Ostern auf einen Tag fallen könnten!“, überlegt er und hält beide Hände in das angenehme Nass.

„Seife scheint man in diesem Haus nicht zu kennen“, murmelt er und blickt sich dabei suchend um. Überall stehen merkwürdige Behälter. Versehen mit einer Schrift, die er nicht entziffern kann.

„Komisch, ich kann mich mit den Leuten verständigen, aber scheinbar schreiben sie in einer anderen Sprache, die ich nicht verstehe.“

Während der Abwesenheit des merkwürdigen Mannes beraten sich Mutter und Kinder, was zu tun ist und kommen zu dem Schluss, dass man warten will, bis Papa nach Hause kommt. Aber alle sind ratlos.

Genauso ratlos ist Herr von Froschhausen. Immer wieder überlegt er, wie er in dieses Haus gekommen sein könnte. Alles ging so schnell. Er war gerade dabei, einem unartigen 13-Jährigen in seiner Schulklasse den Hintern zu versohlen. Dieser stand vor ihm und hatte seine Hose heruntergelassen. Am ganzen Körper zitterte er, denn der Junge wusste, dass nun mehrmals der Rohrstock auf seinen Allerwertesten prasseln würde. In seiner Verzweiflung, und ohne lange darüber nachzudenken, rief er aus:

„Ich wünschte, sie wären hundertfünfzig Jahre von unserer Schule entfernt.“

Es gab einen Windstoß und im selben Moment stand er im Garten dieser merkwürdigen Familie.

Panik und Verwunderung zugleich lassen seine Gedanken wie einen *Pingpong*-Ball an die Gehirnwand schlagen.

Aber er findet keine Antwort auf seine vielen Fragen. Schließlich erinnert er sich, dass dort, woher er kam, auch sommerliches Wetter herrschte. In dem Schulhaus stand die Luft, die Kinder waren unkonzentriert und brachten keine guten Leistungen. Auch erinnert er sich daran, dass er selbst gereizt war und den kleinen Friedrich nicht so hart hätte anfassen dürfen. Aber dazu war es ja nicht mehr gekommen.

Als er immer noch grübelnd im Bad steht, klopft es an die Tür.

„Herr von Froschhausen, geht es Ihnen gut?", ruft die Stimme von Florian. „Können wir Ihnen helfen?" Statt einer Antwort öffnet sich die Tür und der Gerufene kommt heraus. Es duftet nach Essen, und plötzlich merkt er, wie hungrig er ist und auch müde. Die Sonne macht sich daran, bald unterzugehen. Fieberhaft überlegt er, wie er wieder nach Hause kommt. Er muss unbedingt herausfinden, wo er sich überhaupt befindet.

Obwohl ihr der Mann etwas unheimlich ist, wendet sich Frau Meininger ihm freundlich zu: „Machen Sie es sich bequem. Mein Mann kommt gleich heim, dann essen wir. Sie sind herzlich dazu eingeladen. Vielleicht möchten Sie sich in der Zwischenzeit ein bisschen umzusehen. Wenn Sie ans Fenster gehen, haben Sie einen wunderbaren Blick über unser ganzes Dorf. Wo ist denn Ihr Auto geparkt?"

Ratlos denkt Herr von Froschhausen über die Frage nach.

„Warum sagt mir denn niemand, was ein *Auto* ist und was bedeutet das Wort *geparkt*?" Doch statt zu antworten, geht er wortlos ans Fenster und starrt hinaus. Der Garten ist ihm nach seinem Rundgang nicht mehr fremd, aber alles andere, was er sieht, kommt ihm eigenartig vor. Plötzlich erschrickt er, denn es kommt ein Ding die Straße entlanggefahren, dazu noch in einem unerhörten Tempo. Wenn er sich nicht täuscht, sitzt darauf ein Mensch ohne Gesicht. Er dreht sich um und wird kreidebleich. Das alles hat Florian beobachtet. Er wundert sich über das Verhalten des Mannes in dem merkwürdigen Anzug. Ohne Scheu geht er zu ihm und sagt voller Anteilnahme: „Sie müssen keine Angst haben, unser Nachbar hat heimlich sein Moped frisiert; seitdem macht es einen ohrenbetäubenden Krach."

„Ja, aber die Person auf dem Ding hatte kein Gesicht, sondern nur einen total schwarzen Kopf.“

„Ach, Sie meinen seinen Helm?“, entgegnet Florian.

„Um Gottes willen, ist etwa Krieg oder warum benötigt er einen Helm?“

Kaum hat er sich von dem einen Schock erholt, steht ihm bereits der nächste bevor. Ein merkwürdig aussehender Kasten steuert geradewegs auf das Haus zu und verschwindet plötzlich vor seinen Augen. Das laute Geräusch, das er verursacht hat, verstummt so abrupt, wie es gekommen ist. So diskret wie möglich kneift er sich in den Arm. Das kann nur ein Albtraum sein, was er gerade erlebt. Er sieht Dinge, die es nicht gibt, liest Wörter, die er nicht versteht, hört Geräusche, die ihm Angst machen, und auch die Kleidung der Bewohner dieses Hauses erscheinen ihm unschicklich, wenn nicht sogar unchristlich. Schweiß steht ihm auf der Stirn, als er sich langsam umdreht. Mit weichen Knien geht er auf die Couch zu und wirft sich hinein. Jetzt ist ihm schon alles egal.

Jessi betritt den Raum, setzt sich neben ihn und nimmt vom Tisch ein kleines schwarzes Gerät.

„Sie sind ja ganz blass“, sagt sie zu dem neben ihr sitzenden Mann, der kalkweiß ist und aussieht, als würde er mit den Espen um die Wette zittern. „Möchten Sie ein bisschen fernsehen?“

Jessi sieht ein nervöses Zucken auf seinem Gesicht. Als er nicht antwortet, drückt sie zwei Knöpfe und der Bildschirm erhellt sich. Zu den Klängen einer bekannten Band schreien und tanzen jugendliche Fans. Grelle Scheinwerfer strahlen über die Bühne und wechseln ständig ihre Farben. Herr von Froschhausen hält sich die Ohren zu und glaubt, in der Hölle gelandet zu sein.

„Wie kommen die kleinen Menschen in den Kasten hinein und warum schreien sie so jämmerlich?“ Wahrscheinlich wollen sie ihre Freiheit und wissen sich keinen anderen Rat um auf sich aufmerksam zu machen.

Die Mutter ermahnt ihre Tochter, den Ton leiser zu stellen. Jessi gehorcht und ihr Nebenmann ist noch mehr geschockt. Plötzlich ist Totenstille, aber die kleinen Menschen bewegen sich weiter. Beim näheren Betrachten bemerkt er, dass die Leute in dem Kasten gar nicht so unglücklich aussehen. Ob man sie herausholen und befragen kann?

In diesem Moment kommt Herr Meininger zur Tür herein. Freudig wird er von seiner Frau und den beiden Kindern begrüßt. Er lässt seine Tasche fallen, umarmt alle stürmisch und küsst seine Frau.

Vor Verwunderung sind die Augen des Gastes so groß, wie der Käse auf einem holländischen Käsemarkt.

„Ja, sind denn hier alle verrückt?“, denkt er bei sich, und seine Handflächen sind so feucht, dass er meint, er habe die frisch gewaschene Bettwäsche seiner Mutter ausgewrungen.

„Wie kommt dieser dreiste Mann dazu, in aller Öffentlichkeit seine Frau zu küssen?“, spinnt er seinen Gedankengang weiter und wendet sich angewidert ab.

Jetzt sieht ihn auch der Hausherr auf dem Sofa sitzen und geht freudig auf ihn zu. Er streckt ihm die Hand hin, um ihn zu begrüßen.

Herr von Froschhausen springt auf und erwidert den Händedruck mit einer tiefen Verbeugung.

„Meine Frau hat mir schon am Telefon gesagt, dass wir einen Gast haben und einen adeligen noch dazu. Ich bin Thomas Meininger, herzlich willkommen! Sagen Sie mir: Was kann ich für Sie tun?“

„Ich weiß es nicht“, stottert der Angesprochene und

schaut ganz verzweifelt um sich. „Ich weiß es nicht!“

Etwas verwundert betrachtet Thomas Meininger den Mann und macht sich so langsam, genau wie seine Frau, Gedanken, ob er nur ein bisschen durchgedreht ist oder sogar gefährlich.

„Wissen Sie was? Wir essen jetzt alle zusammen und danach unterhalten wir beide uns ein bisschen allein. Ist Ihnen das Recht?“

So langsam bekommt auch Herr von Froschhausen Hunger und überlegt krampfhaft, ob er das freundliche Angebot überhaupt annehmen kann. Die Leute kennen ihn doch gar nicht.

Zaghaft nickt er und geht dann an den hübsch gedeckten Tisch, wo ein leckeres Abendessen auf alle wartet.

„Möchten Sie nicht Ihre Jacke ablegen?“, fragt ihn die Hausfrau. „Sie müssen doch entsetzlich schwitzen in dem schwarzen Zeug.“ Mechanisch gehorcht er, und Frau Meininger nimmt ihm die Jacke ab und hängt sie an die Garderobe.

Währenddessen macht sich der Gast viele Gedanken. Bisher ist ihm noch kein Personal aufgefallen. „Wo ist die Köchin? Wo sind die anderen Bediensteten?“ Schließlich ist das Haus so groß, dass es unmöglich von einer Frau alleine bewirtschaftet werden kann. Er wird aus seinen Überlegungen gerissen, als sein Gastgeber ihn an das Essen erinnert und sagt: „Bitte greifen Sie zu, meine Frau hat sich viel Arbeit mit dem Kochen gemacht. Sie ist eine gute Köchin.“

Mutter, Vater, die beiden Kinder und er sitzen um den Tisch. Was Herr von Froschhausen dort erlebt, treibt ihm die Zornesröte ins Gesicht. Fröhlich plappern die Kinder mit den Eltern, nehmen sich zuerst Essen aus den Schüsseln, springen zwischendurch auf, um sich etwas aus diesem Kasten zu holen, den sie *Kühlschrank* nennen, und die Eltern sagen kein Wort dazu. Beim Essen hat man nicht zu sprechen, Kinder schon gar nicht“, denkt er mit gerunzelter Stirn. Na, diesen beiden Bälgern würde er schon Anstand beibringen. Und schon ist er wieder mittendrin in seinen schwermütigen Gedanken, die sich damit befassen, dass er nicht begreifen kann, wie er in diese merkwürdige Familie gekommen ist.

„Was darf ich Ihnen denn geben“, fragt ihn die Hausfrau freundlich, „Vor allem, was möchten Sie denn trinken? Wir haben außer dem Wasser, das Sie bereits kennen, nur Bier und Cola. Möchten Sie die Cola einmal probieren?“ Zu allen Fragen nickt er nur mechanisch, so dass Frau Meininger ihm einfach etwas Cola ins Glas schüttet. Ohne richtig darüber nachzudenken, isst er und probiert auch das Getränk. Zu seiner Überraschung schmeckt dieses braune, merkwürdig aussehende Zeug echt gut. „Zum Nachtisch gibt es Eis“, sagt Florian und leckt sich mit der Zunge über die Lippen.

„Eis bei diesen heißen Außentemperaturen? Wie ist das überhaupt möglich? Und was kann an Eis schon gut schmecken?“, denkt der Gast. Er hat im Winter mal an einem Eiszapfen geleckt und konnte nichts Gutes daran entdecken.

Aber das, was er dann später auf seinem Teller vorfindet, damit hätte er nicht gerechnet. Vorsichtig probiert er und weiß, dass er bisher noch niemals so etwas Leckeres gegessen hat.

Später setzen sich die beiden Männer ins Nebenzimmer und der Ältere versucht, den noch recht jungen Mann aus der Reserve zu locken und stellt ihm Fragen.

Das alles ist Herrn von Froschhausen peinlich und er überlegt, ob er wirklich alles erzählen soll, was er selbst nicht verstehen kann.

Mehr als zwei Stunden haben sie miteinander verbracht, als sie gemeinsam wieder in das Wohnzimmer kommen. Thomas Meininger sieht den fragenden Blick seiner Frau. Signalisiert ihr aber, keine Fragen zu stellen. Er sagt nur:

„Bitte richte das Gästezimmer! Herr von Froschhausen bleibt über Nacht bei uns."

Diesem ist das alles mehr als unangenehm. Aber er sieht ein, dass er keine andere Wahl hat, wenn er nicht draußen in der Natur übernachten will. Mit Macht überfällt ihn die Müdigkeit. Zum einen wegen der Hitze und vor allem ist die seelische Anspannung in ihm sehr groß. Er freut sich darauf, sich zurückziehen und seinen Gedanken nachhängen zu können. Nachdem das Gästezimmer bezugsbereit ist, wird er in den hübschen Raum geführt. Man gibt ihm noch ein paar Anweisungen und zeigt ihm, wie er ins Bad kommt, falls er in der Nacht mal auf die Toilette muss.

Mittlerweile ist es dunkler geworden. Da kommt der nächste Schock auf den Fremden zu. Plötzlich wird es taghell in dem Zimmer. Er blickt sich um, kann aber nirgends Kerzen oder Petroleumlampen entdecken. Zumal es ja gar nicht möglich wäre, sie alle auf einmal anzuzünden. Herr Meininger meint den Grund für das Erschrecken seines Gastes zu erkennen und zeigt ihm, wo man drücken muss, damit das Licht angeht. Zaghaft probiert dieser es aus. Er kommt sich vor wie ein Zauberer, der aus dem Nichts Licht hervorbringen kann und drückt mehrmals den Schalter.

Er kann gar nicht mehr aufhören, seinen Kopf zu schütteln, denn das gerade Erlebte rüttelt an den Grundfesten seines Daseins.

„Ich muss mir unbedingt alles aufschreiben, damit ich nichts vergesse", denkt er und wagt es, seinen Gastgeber um Papier, Federhalter und Tinte zu bitten.

„Das ist kein Problem, lieber Herr von Froschhausen. Papier können Sie bekommen, aber keine Tinte. Tut es auch ein Kugelschreiber?" Hilflos zuckt dieser die Schultern und fragt sich, was das nun schon wieder ist. Ohne eine Antwort abzuwarten, geht Herr Meininger an den Schrank und holt besagtes Schreibutensil heraus. Er zeigt ihm wie es funktioniert und lässt seinen Gast dann alleine in dem gemütlichen kleinen Raum.

Im Wohnzimmer angekommen, unterhält sich der Rest der Familie bereits gestikulierend über den merkwürdigen Mann. Jessi sagt erregt:

„Der tickt doch nicht richtig, der Kerl."

Die Mutter blickt ratlos von einem zum anderen und kann sich keinen Reim auf das heute Erlebte machen. Ihr Mann schaut eine Weile seinen Lieben zu und setzt sich dann bedächtig zu ihnen.

„Leute, wenn ich euch sage, was ich denke, haltet ihr mich vielleicht für verrückt. Hattet ihr schon einmal den Gedanken, dass er aus einer anderen Zeit gekommen sein könnte? Ja, ja, ich weiß, es klingt unglaubwürdig. Aber ich habe im Fernsehen schon so etwas gesehen. Also, in Filmen, meine ich."

So ganz traut er seinen eigenen Worten nicht, aber je mehr er darüber nachdenkt, umso mehr glaubt er an seine Theorie.

„Mensch, Papa", ruft Florian begeistert und seine Augen

funkeln dabei. „Das ist es, es kann gar nicht anders sein."

„Sagt mal, seid ihr jetzt alle verrückt geworden?", ruft aufgeregt Jessi und tippt sich an die Stirn. „Der Typ spielt uns eine Komödie vor und ihr fallt darauf herein. Ich werde jetzt das Foto, das ich heute von ihm gemacht habe, ins Internet stellen. Vielleicht fliegt der Schwindel bald auf und wir können den Kerl der Polizei übergeben." Empört steht sie auf und verlässt, die Türe zuknallend, den Raum.

„Vielleicht hat Jessi Recht", sagt der Vater. „Am besten ist es, wenn wir jetzt alle zu Bett gehen. Zum Glück ist morgen Samstag und ich bin zu Hause. Da gibt es genug Möglichkeiten, dem Ankömmling auf den Zahn zu fühlen. Was haltet ihr davon?"

Kapitel 2

• • •

Albträume plagen Julius Magnus von Froschhausen. Schweißgebadet setzt er sich im Bett auf und muss sich erst besinnen, wo er überhaupt ist. Mit Schrecken erinnert er sich an den gestrigen Tag und noch immer kann er nicht verstehen, was vorgegangen ist. An Schlaf ist jetzt bestimmt nicht mehr zu denken. Darum setzt er sich auf den Bettrand und grübelt. Dabei erinnert er sich daran, dass man in diesem Haus auf ganz merkwürdige Weise Licht machen kann. „Hat er das etwa nur geträumt?“, fragt er sich und seufzt. Nachdem er sich davon überzeugt hat, dass er das Richtige getan hat und das Zimmer hell erleuchtet ist, setzt er sich an den kleinen Tisch des Gästezimmers.
Er stützt seinen Kopf in beide Hände und überlegt, wie er seine Gedanken ordnen und zu Papier bringen kann.

Wo bin ich? Und warum bin ich hier?
Ich zermartere mir den Kopf, kann aber keine Erklärung finden für das, was sich zugetragen hat.

Wie an jedem Morgen bin ich von meinem kleinen, möblierten Zimmer den Weg zur Schule gegangen. Meine Wirtin, Frau Hinkel, hat mir ein einfaches aber schmackhaftes Frühstück hingestellt. Zwei Scheiben Bauernbrot, selbst gebacken in einem der vielen Backhäuser meines kleinen Heimatdorfes. Butter, Marmelade und eine Scheibe vom hausgemachten Schwartemagen. Dazu noch eine kleine Kanne Pfefferminztee. Auch er stammt aus dem Garten der Wirtsfrau.
Erna Hinkel ist eine gutmütige, rotwangige Bäuerin, die es sich in den Kopf gesetzt hat, dafür zu sorgen, dass mir, dem jungen Lehrer, etwas mehr ´auf die Rippen` kommt. Sie findet, ich sei zu dünn.

Jeden Morgen predigt sie mir, ja streng zu den Schülern zu sein und sie mit Härte und dem Rohrstock zu erziehen. Sogar die Eltern erhoffen sich durch Schläge, dass sich die Leistungen der Kinder verbessern. Schon im Seminar wurde uns Studenten eingeschärft, dass es keine andere Möglichkeit zu einer guten Erziehung gibt. So bleibt mir nichts anderes übrig, als ebenfalls so zu handeln. Auf keinen Fall darf ich mein karges Lehrergehalt aufs Spiel setzen. Meine Mutter war Witwe und hatte nur mit Ach und Krach ihr Auskommen. Noch heute frage ich mich, wie sie mein Studium finanziert hat.

Mitten im Unterricht hat Heinrich, der Klassenclown, seiner Mitschülerin den Zopf ins Tintenfass gesteckt, so dass diese weinend in der Bank saß. Das konnte ich natürlich nicht durchgehen lassen. Heinrich musste sich über mein Knie legen, damit ich ihm mit dem Rohrstock eins über den Hintern ziehen konnte. Dabei sah er mich mit vor Schreck geweiteten Augen an und schrie:

„Ich wünschte, Sie wären 150 Jahre von unserer Schule entfernt!“

Kurz darauf fand ich mich im Garten dieser eigenartigen Familie wieder. Was hat das alles zu bedeuten?

Langsam dämmert es; der Mann geht ans Fenster und bemerkt, dass draußen an der Straße Laternen brennen. Ihr Licht ist ebenso merkwürdig wie das Licht in diesem Haus. Mehr kann er noch nicht erkennen; rastlos geht er im Zimmer auf und ab. Mit dem Gedanken, dass er am Morgen unbedingt noch einmal mit Herrn Meininger sprechen und ihm einiges erklären muss, legt er sich erneut in das Bett. Da wird ihm bewusst, dass die Matratze so ganz anders ist, als sein alter Strohsack, der ihn gar manches Mal gepiekt hat.

Erneut steht er auf und untersucht seine Unterlage:

Alles ist weich und angenehm. Er kann sich nicht erinnern, jemals so etwas gesehen zu haben.

Plötzlich überkommt ihn ein *menschliches Bedürfnis.* Gewohnheitsmäßig schaut er unter das Bett, in der Hoffnung, dort einen Nachttopf vorzufinden. Erst nach und nach dämmert es ihm, dass es in diesem Haus so etwas nicht gibt! Er muss auch gar nicht hinaus in den Hof zum *stillen Örtchen*.“ So macht er sich auf die Suche nach jenem Zimmer, das man Bad nennt und das er bereits benutzen durfte. Mittlerweile ist ihm das nicht mehr ganz so fremd, obwohl er noch immer nicht alles verstehen kann.

Nach seiner Rückkehr schaut er sich genauer im Zimmer um. Betrachtet Bilder, auf denen die Familie abgebildet ist. Auf einem sind die Kinder noch Babys! Auf denen daneben haben sie irgendwelche Tüten im Arm. Wieder ein anderes Foto zeigt die Familie im Schnee: Ihre Füße stehen auf langen Brettern; er fragt sich, warum das so ist. Während er noch darüber grübelt, schießt ihm ein neuer Schreck durch den Kopf. „Wer kann so malen?“, fragt er sich und berührt mit den Fingerspitzen das Glas. „Die Menschen sehen total lebensecht aus, wie ist das nur möglich?“

Doch dann fällt ihm ein, dass es seit einiger Zeit ja diese komischen Apparate gibt, mit denen man fotografieren kann. Aber das können sich nur wenige Menschen leisten und so schön hat er das nicht in Erinnerung. Vor allem nicht bunt.

Angeregt schaut er sich weiter um. An der Wand hängt ein Buch, das ihn an einen Kalender erinnert. Leider kann er auch hier das Gedruckte nicht lesen. Doch er erkennt die Zahl 2016, die sich auf jedem Blatt wiederholt. Krampfhaft versucht er, den einen oder anderen Buchstaben zu entziffern und er vermutet, dass auf dem obersten Blatt Juli 2016 steht.

Völlig verwirrt muss er sich erst besinnen, welches Datum gestern war, als er so plötzlich aus der Schule verschwunden ist: Es war Juli 1866. Ihm schießt durch den Kopf, dass es sich um genau 150 Jahre Differenz handelt.

„Was hatte doch der Junge weinend gerufen?"
„Ich wünschte, Sie wären 150 Jahre von der Schule entfernt!" „Ist das etwa des Rätsels Lösung? Aber wenn ja, wie kann das zugegangen sein?"
Seine Knie zittern plötzlich so stark, dass er nur mit Mühe das Bett erreicht, wo er krampfhaft versucht, sich zu erinnern.
Mittlerweile ist es hell geworden und im Haus hört man die ersten Geräusche. Plötzlich horcht er auf. Eine Glocke läutet vom entfernten Kirchturm. Sie hört sich genauso an wie in seinem Heimatdorf. Kann das überhaupt möglich sein? Bestimmt irrt er sich und lässt den Gedanken wieder fallen.
Er mag gar nicht daran denken, was ihn heute erwartet. Alles, was er in den letzten Stunden erlebt hat, ist ein einziger Alptraum.

„Papa, du wirst es nicht für möglich halten!", ruft eine verschlafene Jessi ihrem Vater zu, der ebenfalls noch im Schlafanzug durch die Küche marschiert.
„Lass mich zuerst einen Kaffee trinken! Dann reden wir. Ist das in Ordnung?"
Jessi schmollt zwar, sieht aber ein, dass ihr Vater zuerst sein „Aufputschmittel" benötigt. Das gehört zu seinem Wochenendritual. Genüsslich die Lippen an die Tasse haltend, geht er zu seiner Tochter und bedeutet ihr mit den Augen, dass sie erzählen soll.
„Erinnerst du dich, Papa, dass ich gestern das Foto von unserem merkwürdigen Gast ins Internet gestellt habe? Bereits heute Morgen hat mir meine Freundin Debbi geantwortet. Sie meinte, den Mann schon einmal gesehen zu

haben. Sein Gesicht käme ihr bekannt vor. Schon kurz danach rief sie mich aufgeregt an und erzählte mir, dass sie jetzt genau weiß, woher sie das Gesicht kennt. Ihre Ururgroßmutter war eine Geborene *von* - und jetzt halte dich fest - sie hieß Mathilde von Froschhausen und lebte hier im Dorf. Aus ihrem Nachlass stammt das große Bild, das bei ihrer Oma in der Stube hängt. Papa, Papa, ich bin ganz aufgeregt, das müssen wir unbedingt unserem adeligen Herrn erzählen!"

„Beruhige dich, mein Kind!", sagt der Vater zu seiner Tochter. „Bevor wir das nicht überprüft haben, werden wir ihn nicht damit behelligen. Zuerst müssen wir herausfinden, woher er wirklich kommt und was er vorhat. Gestern Abend habe ich nicht viel von ihm erfahren können. Er war ziemlich durcheinander und ich spürte, dass ihm die Angst die Sprache verschlug."

Kapitel 3

• • •

Juli 1866

Alles schreit durcheinander. Keiner kann einen klaren Gedanken fassen. Die Mädchen halten sich die Hand vor den Mund und die Jungen reißen entsetzt die Augen auf. Auf dem Fußboden liegt Friedrich; er zittert am ganzen Körper und wartet noch immer darauf, dass der Rohrstock auf sein nacktes Hinterteil prasselt. Doch nichts geschieht. Plötzlich ist die ganze Klasse wie gelähmt. Totenstille breitet sich aus und niemand wagt, sich zu bewegen. Die Kinder merken auch nicht, wie sich die Tür öffnet und Herr Rauch eintritt. Er hat in der Nebenklasse die Unruhe der Kinder bemerkt und wurde stutzig über die abrupte Stille danach.

„Was ist denn hier los?“, ruft er streng und kann den Sachverhalt nicht erkennen. Er sieht Friedrich mit herunter gezogener Hose auf dem Boden liegen und ist entsetzt. „Wo ist denn euer Lehrer?“, schreit er schrill und befiehlt Friedrich, seine Hose wieder hochzuziehen. Im selben Moment erwachen die Kinder aus ihrer Starre und alle reden gleichzeitig. Herr Rauch hält sich die Ohren zu und ermahnt die Schüler, still zu sein. Nun ruft er einzelne Kinder nach vorne, die ihm berichten sollen. Alle sagen das gleiche: Herr von Froschhausen wollte Friedrich bestrafen und ist im selben Augenblick vor ihren Augen verschwunden.

Missmutige Falten zeigen sich auf der Stirn des Lehrers, und er bezichtigt die gesamte Klasse als Lügner und droht mit konsequenter Strafe, wenn sie nicht endlich mit der Wahrheit herausrückt. Betroffenes Schweigen folgt.

Herr Rauch befiehlt den Kindern, sich ruhig zu verhalten, bis er herausgefunden habe, wo der Lehrer der Oberstufe abgeblieben sei und schon ist er zur Tür wieder draußen.

Kapitel 4

• • •

Angetan mit einem Nachtgewand, das man ihm am Abend zuvor als Pyjama in die Hand gedrückt hatte, läuft Herr von Froschhausen über den Flur zum Bad. Er hat noch nie Hosen im Bett angehabt und hofft, niemandem zu begegnen, weil er so unschicklich angezogen ist. Als er gerade die Klinge zum Bad herunterdrücken will, wird die Tür von innen aufgerissen und Jessi rennt den *Außerirdischen*, wie sie den Mann in Gedanken nennt, fast um. Sie ist nur mit einem BH und einem knappen Slip bekleidet, was dafür sorgt, dass der Mann beinahe in Ohnmacht fällt. Er ist so verdutzt, dass er meint, seine Augen kullern im Hühnerstall auf dem Boden herum, und er wendet sich empört ab.

„Sodom und Gomorra" ruft er hinter Jessi her, die sich kein bisschen darum schert und mit einem fröhlichen „Guten Morgen!" die Küche betritt.

„Hast du gut geschlafen, mein Kind?" fragt die Mutter. „Setz dich! Das Frühstück ist gleich fertig."

Etwas neugierig geworden schleicht Herr von Froschhausen ebenfalls in die Küche, aber nur, um zu sehen, dass sich dieses unzüchtige Frauenzimmer fast nackt an den Tisch gesetzt hat. Beide Ellenbogen auf den Tisch gestützt kratzt sie sich den Kopf und ruft laut durch das ganze Haus: „Papa, bring bitte das Nutella mit! In der Speisekammer steht welches."

Er sieht ein, dass es ihm nicht zusteht, einzugreifen. Schließlich ist er nicht der Hausherr und muss froh sein, dass man ihn hier duldet.

Gerade, als er sich abwendet und in das Gästezimmer zurückgehen will, streckt Jessis Mutter den Kopf aus der Tür und bittet ihn, doch zum Frühstück zu kommen.

Etwas verdattert meint er, dass er sich erst anziehen möchte.

„Ach, ehe ich es vergesse“, erwidert die Hausfrau, „geben Sie mir doch bitte ihr Hemd, damit ich es wasche! Durch den gestrigen Sturz ins Rhabarberbeet ist es doch sehr in Mitleidenschaft gezogen worden. Mein Mann gibt Ihnen dann etwas von sich für den Übergang.“

In diesem Moment ruft Thomas Meininger von oben die Treppe hinab: „Das habe ich mir schon gedacht und ein T-Shirt mitgebracht. Ziehen Sie das am besten gleich an und geben Sie meiner Frau alles, was gewaschen werden muss. Ob Ihr Hemd überhaupt in die Waschmaschine gesteckt werden kann? Dabei schaut er fragend in die Richtung des Herrn von Froschhausen. Doch dieser zuckt nur mit den Schultern. Man kann seinem Gesicht förmlich alle Gedanken ansehen, die diese Frage bei ihm aufwirft. Es ist ihm peinlich! Aber woher soll er wissen, um was es überhaupt geht? Wahrscheinlich erwartet sein Gastgeber eine Antwort, und sagt: „Entschuldigen Sie bitte, mein Herr, aber was ist eine Waschmaschine?“

„Ja, sagen Sie mal, aus welchem Jahrhundert stammen Sie denn, dass Sie nicht wissen, was eine Waschmaschine ist?“

Es dauert einen Moment, bevor der Gefragte antwortet. Allen Mut zusammennehmend, packt er den Hausherrn an der Hand und zieht ihn ins Gästezimmer. Er möchte vor der Frau und den Kindern nicht das sagen, was ihm auf dem Herzen brennt.

Mit zitternden Fingern deutet er auf den Wandkalender und hat schon jetzt Angst vor der Antwort.

„Bitte sagen Sie mir, welches Jahr wir haben!“

„Wir haben genau das Jahr, welches hier auf dem Kalender steht: 2016."

Schreckensbleich lässt sich der Fremde auf das Bett sinken und stützt stöhnend seinen Kopf in die Hände. Nun bricht alles Aufgestaute aus ihm heraus.

„Bitte helfen Sie mir! Ich bin der Verzweiflung nahe und kann nicht verstehen, dass dieses Datum wirklich der Wahrheit entspricht. Gestern noch lebte ich im Jahr 1866. Was geht hier vor?"

Herr Meininger kratzt sich am Kopf und ist genauso ratlos wie sein Gast.

„Am besten erzählen Sie mir alles von Anfang an", antwortet er ihm. „Ich möchte aber, dass meine Familie ebenfalls dabei ist. Die jungen Leute verstehen heute oft mehr von solchen Sachen als wir Erwachsenen. Außerdem muss ich es dann später nicht erneut erzählen. Kommen Sie mit ins Esszimmer, dort wartet erst mal ein Frühstück auf uns und dabei können wir ein bisschen plaudern. Sie müssen keine Angst haben, niemand wird Sie auslachen. Dass wir Ihnen wohlgesonnen sind, haben Sie doch sicher schon gemerkt. Wenn es stimmt, dass Sie wirklich vor 150 Jahren gelebt haben, dann wird es auch an uns sein, zu staunen. Ich muss zugeben, dass ich sehr gespannt bin auf das, was Sie uns zu sagen haben."

Noch immer ist Herr von Froschhausen zu keinem klaren Gedanken fähig. Er zieht sich das Kleidungsstück von seinem Gastgeber über und geht fast schlafwandlerisch in das Esszimmer. Ohne zu wissen, was er macht, setzt er sich auf einen Stuhl und nickt zu allem mechanisch. Plötzlich bemerkt er, dass sich auf seinem Teller Rühreier stapelt und Kaffee in seiner Tasse dampft.

„Sie wollten doch Kaffee?" Wieder nickt er, obwohl er

nicht weiß, was das ist. Dabei wird ihm bewusst, dass er immer noch seine schmutzige Kleidung anhat. Nun, das kann er ja nachher noch machen. Unverändert teilnahmslos sitzt er vor seinem Teller und erschrickt, als er erneut angesprochen wird.

„Schmecken Ihnen keine Rühreier? Sie können gerne auch etwas anderes bekommen. Wir haben hier noch Marmelade, Nutella, Wurst und Käse."
Nebenan greift Florian nach einem Glas, holt mit dem Messer eine klebrige braune Masse heraus, die er auf sein Brot streicht und verdreht genussvoll die Augen.

„Das müssen Sie probieren!", sagt er mit Blick auf den Gast. „Ich liebe Nutella!"

Gerne will der adelige Herr die Nuss-Nougat-Creme probieren, aber er traut sich nicht. Immer wieder wurde ihm zu Hause und auch bei der sparsamen Zimmerwirtin, Frau Hinkel, eingeschärft, dass man nur dann zwei Sachen gleichzeitig auf sein Brot legen darf, wenn man zwei Häuser hat. Er hat noch nicht mal eins und weiß darum nicht, wie er sich verhalten soll. Schließlich hat er sich sein Brötchen schon gedankenlos mit Butter beschmiert. „Kennt man in diesem Haus so eine Regelung überhaupt?"

Irgendwie hat Florian einen Draht zu ihm. Wie kein anderer in der Familie scheint er zu ahnen, was in ihm vorgeht und spricht ihn an: „Geben Sie mir bitte Ihr Brötchen! Ich mache Ihnen etwas Nutella darauf!"

Erleichtert nimmt er das Angebot an, enthebt es ihn doch einer Entscheidung. Dann schaut er sich in der Runde um und beobachtet, wie die anderen essen. Zwanglos geht es zu, und sein Brötchen darf er aus der Hand essen. Was er da auf der Zunge spürt, ist einmalig. Träumt er wirklich nicht?

Er überwindet alle Scheu und sagt das auch zu Florian. Plötzlich fällt ihm sein Rührei auf dem Teller ein. Er wirft einen entschuldigenden Blick zu seiner Gastgeberin und zuckt hilflos mit den Schultern. Diese hat das Dilemma erkannt und sagt: „Machen Sie sich keine Gedanken, das ist schon in Ordnung. Essen Sie ihr Brötchen in Ruhe und danach sind die Eier dran; falls Sie sie mögen. Da Ihr Teller noch unberührt ist, lege ich sie einfach zum Warmhalten in die Pfanne zurück.“

„So, nun erzählen Sie uns doch mal Ihre Geschichte!“, ermutigt Herr Meininger den merkwürdigen Artgenossen, und alle Augen richten sich auf ihn.

„Ja, das war so…“ Zuerst erzählt er stockend und dann immer schneller von dem unerklärlichen Geschehen in seinem Klassenzimmer. Als er endet, steht ihm der Schweiß auf der Stirn.

Zuerst herrscht betroffenes Schweigen, bis Florian ruft: „Habe ich es euch nicht gleich gesagt, dass Herr von Froschhausen aus der Vergangenheit kommt? Das ist vielleicht abgefahren, echt irre! Sagen Sie mal, wie heißt denn der Ort, in dem Sie gewohnt haben?“

„Ulfa.“

„Wie? Ulfa? Sie wollen damit doch nicht sagen, dass Sie hier in unserem Dorf gelebt haben?“

„Was sagst du da, Junge? Ich bin hier in Ulfa?“

„Klaro!“

„Da könnte ich doch einfach nach Hause gehen, oder?“

„Ob das so einfach ist? Wissen Sie was? Da machen wir nachher gleich eine Rundfahrt und Sie können sich alles in Ruhe anschauen und uns zeigen, wo sie wohnen. Also ich meine, wo Sie gewohnt haben. Was meinst du, Papa? Wird das gehen?“

„Mein Kopf kann das nicht fassen, lass mir bitte noch etwas Zeit", erwidert Herr von Froschhausen anstelle des Vaters.

„Papa, nun sag doch auch mal etwas", ruft Florian seinem Vater bittend zu und beißt erneut in sein Nutella-Brötchen.

„Lass unserem Gast doch noch etwas Zeit zum Nachdenken!", ermahnt dieser seinen Sohn. Es ist Samstag, und wir haben es nicht eilig.

„Papa, hast du vergessen, dass wir noch nach Nidda zum Einkaufen fahren wollen? Ich benötige doch ein paar neue Kopfhörer."

„Ich habe es nicht vergessen. Das ist eine gute Gelegenheit für unseren Gast, mitzufahren und sich ein bisschen umzusehen. Was halten Sie davon, Herr von Froschhausen?"

„Danke für die Einladung! Ich bin total verwirrt, dass Sie mir meine Geschichte glauben, die ich ja selbst für unwahrscheinlich halte. Es ist doch absolut unmöglich, in die Zukunft zu kommen. Wie soll das zugegangen sein?"

„Machen Sie sich darüber keine Gedanken! Das klärt sich alles zu seiner Zeit. Gemeinsam werden wir eine Lösung finden."

Mechanisch nickt der Fremde mit dem Kopf, verfolgt dabei aber mit den Augen, wohin Frau Meininger das Geschirr trägt. Dabei sieht er, dass sie die Tür eines merkwürdigen Schrankes aufmacht und sämtliche Tassen, Teller und das Besteck darin verschwinden lässt. „Spült man heute das Geschirr nicht mehr und stellt es schmutzig in den Schrank zurück?"

„Ah", denkt er, „wahrscheinlich hat Frau Meininger keine Zeit zum Spülen oder das Dienstmädchen kommt erst später."

Noch immer wundert er sich darüber, dass er in diesem Haus bis jetzt noch keinerlei Dienstboten bemerkt hat. Das Haus hat viele Teppiche und der Boden in dem Gästezimmer ist sogar total mit Teppich ausgelegt, was er bisher ebenfalls noch nie gesehen hat. „Den kann man doch unmöglich draußen ausklopfen.“, überlegt er erneut.

Plötzlich hört er hinter sich ein lautes Geräusch und erschrickt. Die Hausfrau hält etwas in der Hand, das sie ununterbrochen über die Teppiche im Wohnzimmer schiebt. Erst nach und nach begreift sein Gehirn, dass dabei auch sämtliche Krümel verschwinden, die er vorher noch bemerkt hat. In einer für ihn unvorstellbaren Geschwindigkeit ist alles sauber. Die Stille tritt genauso plötzlich ein, wie sie gekommen ist. Er sieht gerade noch, wie eine dicke Schnur blitzschnell in dem Gerät verschwindet, ohne dass jemand sie in die Hand genommen hätte.

„Hier spukt es tatsächlich!“, und ist von dem Gedanken beseelt, unbedingt den Pfarrer aufzusuchen, um sich mit ihm über dieses Phänomen auszutauschen. Vielleicht kann ihm der geistliche Herr sagen, was hier vor sich geht.

„Gehen Sie doch ein bisschen im Garten spazieren!“, ruft ihm jemand zu. „Es dauert noch etwas, bis wir Einkaufen fahren können. Auch ist Ihr Hemd noch nicht fertig gewaschen. Die Waschmaschine läuft aber schon.“

Dieser Aufforderung kommt der Mann aus dem 19. Jahrhundert gerne nach, denn er benötigt Zeit zum ungestörten Nachdenken. Heute sieht er den Garten mit anderen Augen. Er bemerkt, dass alles sehr gepflegt aussieht. Rosen blühen in vielen Farben, das Gras ist sehr kurz, nur ein paar Gänseblümchen blühen darin. Überall stehen merkwürdige Dinge im Garten, die er nicht zuordnen kann. Eine rote Kugel glänzt im Sonnenschein.

Daneben stehen zwei kleine Vögel aus einem Material, das er nicht kennt. Vorsichtig nimmt er einen davon in die Hand und prüft es. Aus Metall scheint er nicht zu sein, denn dafür ist er zu leicht. Auch nicht aus Stein oder Holz.

Plötzlich fällt sein Blick auf Gewächse, die aussehen als wären sie lebendig. Da steht ein großer Bär, daneben etwas, von dem man meinen könnte, es sei ein Huhn oder ein Vogel. Ein Stück weiter sieht er eine Katze, eine Schnecke, einen Froschkopf und etliche Hasen. Und man kann es nicht fassen: Es gibt ein Gewächs, das an eine Hand erinnert!

„Wachsen solche Kunstwerke von alleine?", denkt er und wendet sich verwirrt ab. Aber nein, er muss sich noch einmal umdrehen, denn es ist ihm etwas bewusst geworden, was er überhaupt nicht verstehen kann. „Wieso hat man einem Teil dieser „Kreaturen" auch noch Schleifen umgebunden?"

Als er zum Himmel schaut, besinnt er sich auf den Tag davor. Ein furchtbares Geräusch hat ihn so erschreckt, dass er in das Rhabarberbeet gefallen ist. Nun knattert es wieder über ihm und sein Herz beginnt wie wild zu klopfen. Es ist ein fliegendes Ding, mit großen sich drehenden Flügeln. Er sieht, dass mit großen Buchstaben etwas darauf geschrieben steht. „Wie ist das nur möglich?", fragt er sich und schließt die Augen. Aber nur so lange bis es wieder irgendwo brummt. Doch diesmal kommt das Geräusch aus dem nebenan liegenden Garten. Ein Mann schiebt einen Gegenstand vor sich her, der sich sehr laut anhört. „Warum tut er das?", überlegt Herr von Froschhausen und wagt sich ein bisschen näher an den Zaun. Mit zusammen gezogenen Augenbrauen beäugt er das Ganze und sieht, dass dieses unbekannte Teil scheinbar in Sekundenschnelle das Gras *frisst.*

„Ist das etwas Reales oder spukt es auch hier draußen? Wo bin nur hingeraten?“ Im selben Moment wird ihm bewusst, dass es sicher nicht das letzte Mal ist, dass er Dinge sieht, die es eigentlich gar nicht gibt.
Da tippt ihm jemand an die Schulter und er erschrickt.

„Cool, diese neue Kiste von unserem Nachbarn, was meinen Sie?“ Als Florian bemerkt, dass sein Gegenüber kein Wort versteht, fällt ihm wieder ein, dass er einen Rasenmäher ja gar nicht kennen kann.

„Das ist ein Rasenmäher. Damit kann man ruckzuck das Gras abschneiden.“

„Wohin verschwindet das Gras? Ist dieser Rasenmäher, wie du ihn nennst, ein Tier, das ich nicht kenne?“

Florian hält sich den Bauch vor Lachen und ruft:

„Der Witz ist echt gut, den muss ich meinen Freunden erzählen.“

Immer noch grinsend antwortet Florian: „Nein, das ist kein Tier, es ist ein technisches Gerät, das ein Mensch erfunden hat.“

„Aber wofür? Das Gras ist doch noch gar nicht hoch. Wird davon kein Heu gemacht, das später die Kühe fressen?“

„Nö, das machen nur die wenigen Bauern, die wir noch im Dorf haben. Kühe gibt es hier kaum noch. Leute, die einen Garten haben, wollen nur einen kurz geschorenen Rasen, auf dem die Kinder spielen können. Darum wird er meistens einmal in der Woche gemäht.“

„Aber Pferde fressen doch auch Heu. Die Bauern benötigen doch Pferde für die Landwirtschaft.“

„Aber nein, die Landwirte haben Traktoren, Mähdrescher, Heuwender und vieles andere. Wenn wir nachher durch das Dorf fahren, dann können Sie bestimmt die eine oder andere Maschine auf den Äckern sehen. Heute ist schönes

Wetter, da sind die Bauern aktiv."

„In meinem Kopf veranstaltet eine Horde Frösche ein Quak-Konzert, ich denke, ich gehe besser wieder ins Haus zurück."

„Hallo, Herr von Froschhausen, Ihr Hemd ist fertig, Sie können es wieder anziehen!", ruft ihm Frau Meininger zu und hält ihm das frisch gewaschene und gebügelte Hemd hin.

„Um Himmels willen, wie haben Sie denn das fertiggebracht?", antwortet der Angesprochene. „Dass man ein Hemd schnell waschen kann, verstehe ich ja noch. Aber wie haben Sie es in so kurzer Zeit getrocknet und auch noch gebügelt?"

„Ich habe doch einen Wäschetrockner. Da geht das ruckzuck."

„Wie, Sie hängen die Wäsche nicht zum Trocknen in die Sonne?"

„Doch, das schon. Aber wenn es regnet oder wenn es einmal schnell gehen muss, kommt sie in den Wäschetrockner. Wenn Sie wollen, zeige ich Ihnen das Gerät gerne, wenn wir von unserer Rundreise zurückkommen. Ziehen Sie sich rasch das frische Hemd an, denn gleich geht es los."

Das lässt sich der junge Lehrer nicht zweimal sagen, obwohl er gleichzeitig auch Herzklopfen hat, aus Angst vor dem, was ihn heute noch Unbekanntes erwartet.

Als er später komplett angezogen vor der Familie steht, können sich die Anwesenden kaum das Lachen verkneifen. Irgendwie sieht er aus wie ein aus einem Bilderrahmen entsprungener Ururuopa.

Herr Meininger geht auf ihn zu und sagt: „Schön, dass Sie fertig sind."

„Mir fehlt aber mein Hut, leider habe ich ihn nicht mitnehmen können."

„Und das ist auch gut so, denn sonst würden die Leute denken, Sie kämen direkt von einem Kostümfest."

„Tragen bei Ihnen die Herren keinen Hut, wenn sie ausgehen?" fragt er zurück.

Eigentlich weiß er die Antwort schon, denn er sieht, wie sein Gastgeber angezogen ist. Dieser trägt nur eine leichte Sommerhose in einer Farbe, die in des Gastes Augen unmöglich aussieht. Sie ist hellblau und darüber hängt, einfach so über der Hose, ein kurzärmeliger Pullover, den man zu seiner Zeit nicht mal im Bett anziehen würde.

Entsetzt sieht er auf Frau Meininger, die in einem kurzen Rock und einem unzüchtigen Oberteil vor ihm steht.

Vor Verlegenheit weiß er nicht, wohin er schauen soll und fragt sich, was die Leute von so einem Aufzug halten.

Die Tochter sieht noch schlimmer aus. Ihr Oberteil ist so kurz, dass ihr Bauchnabel herausschaut, in dem zu allem Unglück auch noch Schmuck baumelt. Beim bloßen Gedanken schämt er sich, mit diesen Leuten auf die Straße zu gehen. „Wo ist er hier nur hingeraten?"

Doch ihm bleibt keine andere Wahl. Im Moment ist er noch auf diese Familie angewiesen, die ihm, zugegebener Maßen, wohlgesonnen zu sein scheint.

Würdevoll, mit erhobenem Haupt, folgt er den Leuten nach draußen. Diese steuern geradewegs auf etwas zu, was aussieht wie ein winzig kleines Haus mit Türen und Fenstern. Die Türen öffnen sich und er wird gebeten, hineinzugehen. Entsetzt wehrt er ab. Florian merkt das und nimmt ihn zur Seite.

„Bleiben Sie ganz cool, das ist doch nur unser Auto! Mit ihm fahren wir durch das Dorf und später auch nach Nidda. Folgen Sie mir und tun Sie genau das, was ich auch mache."

Irgendwie beruhigt und doch voller Angst, quetscht er sich auf den Rücksitz. Vorne nimmt das Ehepaar Platz.

„Bitte schnallen Sie sich an!“, ruft der Fahrer. „Das ist wichtig.“

Florian greift auch hier wieder hilfreich ein und macht es seinem Nebenmann vor. Diesem kommt der Schweiß aus allen Poren und er sitzt verkrampft auf seinem Sitz.

Als der Familienvater den Motor anlässt und sich das Auto rückwärts vom Parkplatz bewegt ist es mit seiner Fassung vorbei.

„Anhalten!“, schreit er verzweifelt und bekommt kaum noch Luft.

Herr Meininger bleibt natürlich sofort stehen. Er dreht sich zu seinem Fahrgast um und versucht, ihm etwas über das Auto zu erklären.

„Sie müssen keine Angst haben, ich werde auch ganz vorsichtig fahren. Schauen Sie, unsere Kinder sind auch dabei, sie haben keine Angst und wir auch nicht. Mit einem Auto kommt man ganz schnell dahin, wohin man möchte. Es ist eine tolle Erfindung. Wenn Sie sich etwas beruhigt haben, setzen Sie sich vielleicht zu mir nach vorne. Da haben Sie eine bessere Sicht und ich kann Ihnen vieles zeigen.“

Herr von Froschhausen nickt ergeben und versucht, gegen sein Herzrasen anzukämpfen.

Mit weit aufgerissenen Augen sieht er sich ein Ulfa an, das er nicht kennt. Dann erst bemerkt er die Straßen. Sie sind alle ganz glatt, ohne Stolpersteine, ohne Wasserpfützen und ohne Dreck und Staub. Das alleine lässt ein Chaos in seinem Kopf entstehen. „Wie ist das möglich?“

Ganz langsam fährt Herr Meininger, und so kann der Fremde aus dem Nichts, wie er ihn in Gedanken nennt, alles sehen. Als sie die Brücke über das kleine Flüsschen

Ulfa überqueren, wird der junge Fahrgast lebendig.

„Bitte bleiben Sie stehen! Ich möchte mir das näher ansehen, denn ich glaube, mich zu erinnern." Fast andächtig geht er auf das Brückengeländer zu und schaut. Beim Drehen des Kopfes sieht er die *Alte Burg*. Dieser Berg ist ihm vertraut. Heute sind dort Häuser gebaut aber trotzdem weiß er genau, wo er ist. Als Kind ist er dort Schlitten gefahren. „Ja, das stimmt."

„Könnten wir bitte laufen?" fragt er die Familie. Sein Gastgeber parkt das Auto am Straßenrand und alle steigen aus. Selbst die Kinder, die sonst oft mürrisch sind, wenn es nicht nach ihrem Kopf geht, spüren diesen besonderen Moment und sind sicher, dass der Tag noch manche Überraschung bringen wird.

Langsam schlendern sie die Mittelstraße hoch. Ja, die Straßenführung ist noch die gleiche und er sieht voll Freude, dass es noch das Gässchen gibt, das links abbiegt. Er nennt es Stiehn und freut sich sehr, dass es diesen Namen auch heute noch hat, wie man ihm erklärt. Die Häuser wirken fremd und doch auch wieder vertraut.

Ein Fenster öffnet sich und eine alte Frau ruft heraus:

„Woss hott ihr donn doo fieren komische Monn bei auch? Haut eass doch nejd Fassenoocht."

(Was habt ihr denn für einen komischen Mann bei euch? Heute ist doch nicht Fassnacht)

Verdutzt hebt der „komische Mann" den Kopf und versteht augenblicklich, was die Frau gesagt hat und antwortet:

„Endlich schwätzt hej jemond wej aich. Woarim soll haut Fassenoocht soi?"

(Endlich spricht hier jemand wie ich. Warum soll heute Fassnacht sein?)

„Ai, guck dich doch emool oo. So wej dou eass hej koo Mensch oogedoo."
(Schau dich doch mal an. So wie du, ist hier kein Mensch angezogen)
„Goud Fraa, doss eass moin beste Oozug, eabbes onnescht hu aich nejd."
(Gute Frau, das ist mein bester Anzug, etwas anderes habe ich nicht)

Familie Meininger steht mit offenem Mund daneben und hört zu. Sie alle verstehen das *Ulfaer Platt* aber sie können es nicht mehr sprechen. Viele ältere Menschen in Ulfa unterhalten sich noch untereinander im *Ilfer* Dialekt. Aber wahrscheinlich wird diese eigenwillige und urige Sprache aussterben. Das ist traurig, wird aber wohl nicht zu verhindern sein, denkt der Familienvater.

Sichtlich aufgetaut setzt Herr von Froschhausen seinen Weg neben der Familie fort und schaut nun noch interessierter um sich.

Weiter geht der Spaziergang. Jetzt kann sich der adlige Herr nicht mehr halten und ruft voller Freude:

„Die Ulfaer Kirche, ich kann es nicht fassen! Ja, ich bin tatsächlich in Ulfa. Wie kann das sein?" Vor lauter Aufregung muss er sich auf die kleine Mauer setzen, die rund um die Luthereiche gebaut ist.

„Trotzdem ist alles fremd, wie kann das sein?"

Herr Meininger legt ihm die Hand auf die Schulter, doch es fehlen ihm die Worte. Wenn er je einen Zweifel an der Geschichte seines Gastes hatte, so ist er spätestens jetzt verflogen.

„Das kann niemand spielen", denkt er.

Doch der Schreck hat noch kein Ende. Als Herr von Froschhausen sich langsam erholt, fällt sein Blick auf ein stattliches Haus. Erst nach und nach wird ihm bewusst, dass es sich dabei um „seine" Schule handelt. Fast stotternd fragt er: „Ist das die Ulfaer Schule?“

„Ja und nein“ beantwortet Frau Meininger seine Frage. „Das war einmal das 1. Schulgebäude in Ulfa. Heute wird es von einer Familie bewohnt, die es gekauft hat. Genau hier gegenüber ist die neue Schule, in der heute die Kinder unterrichtet werden“, und dabei deutet sie mit ihrem Zeigefinger in die entgegengesetzte Richtung.

„Da vorne, in dem Zimmer nach der Straße“, kommt der Lehrer auf die alte Schule zurück, „habe ich dem kleinen Friedrich den Hintern versohlen wollen, als ich plötzlich bei Ihnen im Garten gelandet bin.“

Nach kurzem Nachdenken und mehr zu sich selbst als zu den stumm dabei Stehenden sagt er:

„Nachdem meine Mutter gestorben war, wohnte ich in der Hinterstraße bei meiner Wirtin Frau Hinkel. Da auch mein Vater nicht mehr lebte und ich weder Geschwister noch Vermögen hatte, musste ich mir eine Bleibe suchen. Doch ich will nicht jammern, es geht mir nicht schlecht.

Frau Hinkel verwöhnt mich nach Strich und Faden. Allerdings erwartet sie dafür von mir, dass ich ihren Kindern mit besonderer Strenge begegne und ihnen auch bei den Hausaufgaben helfe.

Die Strenge in der Schule versuchte ich dann später bei einer lockeren Atmosphäre während der Hausaufgaben etwas aufzuheben. Doch wir müssen uns sehr in Acht nehmen, da Frau Hinkel ihre Ohren spitzt und nicht duldet, dass wir während so etwas Ernstem, wie den Schularbeiten, lachen.“

Alle hören betroffen zu. Mittlerweile sind auch ein paar andere Anwohner auf den merkwürdig gekleideten Mann aufmerksam geworden und nähern sich vorsichtig der kleinen Gruppe.

„Woss eass donn met dene luus?“, *(Was ist denn mit denen los?)*, fragt eine Frau ihren fast tauben Ehemann und schreit dabei so laut, dass jeder mithören kann.

„Nichts ist, Frieda, kannst dich wieder beruhigen!“, ruft ihr Marion Meininger zu und lacht.

Doch so leicht lässt sich besagte Frieda nicht abwimmeln und steuert zielstrebig auf die Familie zu, um ja nichts zu verpassen.

„Hej sey, so-ese emool, woarim laafe sej meadde eam Sommer donn met so komische Klamotte erimm?“, fragt sie ungeniert. „Aich gieh etz hoim, eann honn emool enn goure Schlugg voo uusem Vuulsbäjer Hanjer. So jung wej etz, komme mir naud mie sesomme! Will noch jemand metdringe?“
(He Sie, sagen Sie mal, warum laufen Sie mitten im Sommer mit solch komischer Kleidung herum? Ich gehe jetzt nach Hause und hole einen guten Schluck von unserem Vogelsberger Hanjer. So jung wie jetzt, kommen wir nie wieder zusammen. Möchte noch jemand mittrinken?)

Aber alle schütteln den Kopf. Auch die Kinder, die wohl glauben, dass die Frage auch ihnen gelte. Sprechen können nur noch wenige Kinder in Ulfa den Dialekt aber sie verstehen ihn.

Bald ist Frieda wieder da und hat vorsichtshalber mehrere Gläser mitgebracht. Herr von Froschhausen greift dankbar nach dem Schnapsgläschen und schüttet den Inhalt etwas gedankenverloren in sich hinein. Er freut sich, dass man ihn hier in seiner Muttersprache anredet. Damit ist er aufgewachsen. Aber er war ja im Lehrerseminar. Dort musste er mühevoll das korrekte Hochdeutsch erlernen und alle im Dorf begegneten ihm seitdem mit besonderer Hochachtung.

„Wollen wir aufbrechen?“ fragt Herr Meininger und hört

wie die Frau zu ihrem hörgeschädigten Mann sagt:

„Der Kealle kimmt mir irgendwej bekoot fier, aich waas nur noch nejd wuheer. Owwer doss krie aich noch eraus.“
(Der Kerl kommt mir irgendwie bekannt vor, ich weiß nur noch nicht woher. Aber das bekomme ich noch heraus)

Herr von Froschhausen sieht sich erneut um. Die Straßenführung ist so, wie er sie kennt, nur die Häuser sehen anders aus. Alles ist sehr gepflegt, die Leute haben Blumen vor den Häusern und in den Höfen stehen. Und ständig fahren diese Dinger auf der Straße, die die Familie Autos nennt. Er zuckt zusammen, als ein riesiger Laster die Steinstraße heruntergedonnert kommt und kann nur mühsam dem Drang wiederstehen, sich irgendwo zu verstecken. Aber das ist noch nicht alles. Um die Ecke biegt ein Linienbus und bleibt direkt ihm gegenüber stehen. Mit großen Augen verfolgt er, wie sich wie von Geisterhand Türen öffnen und Leute herauskommen. Danach schließen sich die Türen lautlos wieder und das Ungetüm rollt weiter. Alle Leute, die ausgestiegen sind, machen einen normalen Eindruck und auch Kinder springen fröhlich an der Hand der Eltern herum.

„Es kann also nichts Schlimmes sein.“, überlegt er weiter.

Noch etwas ist ihm aufgefallen und mit dieser Frage wendet er sich an Herrn Meininger.

„Gibt es in der neuen Zeit eigentlich keine alten Menschen mehr? Bis jetzt ist mir noch keine Frau mit grauen Haaren aufgefallen. Nur bei den Männern sah ich es.“

„Aber wir haben uns doch vorhin mit einer nicht mehr ganz so jungen Frau unterhalten. Erinnern Sie sich an Frieda? Sie ist die, die uns den Vogelsberger Hanjer angeboten hat. Frieda ist 75 Jahre alt.“

„Wie ist das möglich? Ich habe bei ihr kein einziges weißes Haar gesehen. Auch war sie ganz bunt angezogen. Ich denke da besonders an ihre rotgemusterte Bluse. Das kann doch nicht sein."

Jetzt mischt sich Florian ein.

„Ei, ich erkläre Ihnen das mal, Herr von Irgendwas. Heutzutage lassen sich viele Frauen ihre Haare färben. Es gibt sogar Männer, die das tun, wenn auch meistens heimlich. Ich finde, meine Oma sieht damit richtig flott aus. Und sie könnte sogar noch einen Mann bekommen, wenn sie wollte. Opa ist leider schon gestorben."

Frau Meininger ergänzt die Worte ihres Sohnes noch.

„Unsere Senioren, also ich meine unsere Alten, sind heutzutage noch sehr unternehmungslustig. Sie machen Reisen mit dem Bus oder fliegen ins Ausland. Einige von ihnen überwintern in südlichen Ländern, weil dort das Klima besser ist."

Herrn von Froschhausen bleibt nur, erneut staunend zuzuhören.

Wenn er an die alten Leute in seinem Ulfa denkt, dann sieht das ganz anders aus. Oft gehen sie krumm, sind abgearbeitet, haben viele Falten im Gesicht und keine Frau über vierzig würde mit einer roten Bluse auf die Straße gehen.

Vorhin, als die Leute aus dem Bus gestiegen sind, sah er eine junge Frau mit Schuhen, die hinten ganz hohe Absätze hatten. Es ist ihm jetzt noch ein Rätsel, wie man damit überhaupt gehen kann und schön sieht das sowieso nicht aus. Wenn er sich vorstellt, dass die jungen Mädchen in „seinem" Dorf damit herum liefen, muss er lachen. Die Alten würden sie vom Hof jagen.

Bald setzen alle ihren Rundgang fort.

„Möchten Sie gerne in der Hinterstraße nach dem Haus

sehen, in dem Sie gewohnt haben?", fragt ihn Frau Meininger.

„Ich habe gar nicht darauf zu hoffen gewagt, ja, bitte, sehr gerne!"

Bis zur Hinterstraße sind es nur ein paar Meter. Dem jungen Lehrer klopft das Herz bis zum Hals heraus. Er beschleunigt seine Schritte und seine Begleiter müssen sich anstrengen, mit ihm Schritt zu halten. Suchend schaut sich Herr von Froschhausen um. Immer trauriger wird sein Blick, denn er erkennt, dass es das Haus nicht mehr gibt. Nur mühsam kann er die Tränen unterdrücken.

Herr Meininger bemerkt, dass sein Gast so langsam überfordert ist und schlägt eine kleine Rundfahrt mit dem Auto durch das Dorf vor, was dieser gerne annimmt. Er brennt nämlich darauf, mehr zu sehen. Auch wenn ihn vieles unsicher und ängstlich macht. Die kleine Truppe geht den gleichen Weg zurück zum Auto.

Herr Meininger steuert das Auto am Friedhof vorbei und erwähnt das auch. Geistesabwesend schaut sein Beifahrer aus dem Fenster und denkt dabei an eine Schulkameradin, die erst vor ein paar Wochen beerdigt worden war. Ob die Kränze bereits verwelkt sind? Doch da fällt ihm ein, dass er ja nicht mehr im Jahre 1866 lebt, sondern im Jahre 2016. Er kann sich kaum auf die Aussicht konzentrieren, denn es breitet sich wieder diese Angst in seinem Körper aus, die er nicht steuern kann. Erst als er das kleine Dörfchen sieht, das majestätisch hoch oben auf einer Kuppe liegt, befreit ihn der Anblick von seinen trüben Gedanken.

„Bitte halten Sie kurz an! Ich sehe da mein geliebtes Stornfels.", sagt er und drückt sich die Nase an der Scheibe platt. „Alles hat sich verändert.", murmelt er und seine Augen füllen sich mit Tränen.

Florian bemerkt das und er bittet seinen Vater, das Auto zu wenden und wieder nach Ulfa zurückzufahren. Schließlich will er noch nach Nidda, wo er sich schon auf seine neuen Kopfhörer freut. Der Vater kommt seiner Bitte nach und fährt langsam am Kirschberg vorbei, wo man noch vereinzelt Früchte hängen sieht. Schon lange werden die Kirschbäume, die der Stadt gehören, nicht mehr versteigert. Es lohnt sich nicht und so darf sich jeder bedienen, der mag. Das alles erzählt Herr Meininger seinem Fahrgast. Fast unmerklich schüttelt dieser den Kopf und versteht nicht, dass die Menschen so wenig Interesse an Obst haben. In „seinem" Ulfa gibt es sogar einen Feldschütz, der aufpasst, dass niemand die kostbaren Früchte stiehlt.

Jetzt nimmt das Auto eine Kurve und direkt vor ihm fährt ein großer Traktor, der in einen Feldweg einbiegt. Als sich Herr von Froschhausen von seinem ersten Schreck erholt hat, fällt sein Blick auf das direkt an der Straße liegende Getreidefeld. Der Traktor mit seinem Anhänger bleibt stehen und der Chauffeur winkt dem Fahrer des riesigen Mähdreschers. Jessi wird unruhig, auch wenn sie die ganze Zeit fast ununterbrochen auf ihrem Smartphone herumgedrückt hat.

„Bleibt bitte nicht schon wieder stehen!", mault sie und verdreht dabei die Augen. „Ich habe keinen Bock auf Landwirtschaft!" Ganz anders sieht das Florian. Er spürt das große Interesse des fremden Menschen und möchte ihm helfen, das Heute zu begreifen. „Halt die Klappe!", ruft er seiner Schwester zu und klopft mehrmals dabei mit der flachen Hand auf seinen Mund.

„Blödmann!", kontert Jessi aber sie ist mit ihren Gedanken schon wieder bei einer Nachricht von ihrer Freundin Debbi.

„Papa, ich denke, es wäre gut, wenn du wendest und unserem Gast den Mähdrescher zeigst." Dabei sieht er, wie dieser dankbar nickt und sich über diesen Vorschlag freut. Das lässt sich der Vater nicht zweimal sagen und biegt in den Feldweg ein. Eigentlich ist er etwas enttäuscht über den Fremden, denn dieser steigt aus und kann seinen Blick nicht vom Boden heben, anstatt, wie er dachte, die Fahrzeuge zu bewundern. Stattdessen zeigt er stotternd auf den Boden, kniet sich hin und betastet den Asphalt. Er ist so vertieft, dass er gar nicht merkt, wie er in dem ihm so vertrauten Dialekt spricht: „Etz greifste dr doch oon Kopp, woss huu donn dej fier Gemäch off de Fealdwäje? Wej kimmt doss hej her?"
(Da greifst du dir doch an den Kopf, was ist denn das hier für ein Belag auf den Feldwegen? Wie kommt er hierher?)

Familie Meininger versteht die Gedankengänge ihres Gastes nicht und steht verdutzt daneben. Jessi legt schmollend die Stirn in Falten und Florian zieht es zu den Landmaschinen. Es dauert einen Moment, bis Herr von Froschhausen aus seiner Schockstarre erwacht und sich suchend umblickt. Erst in diesem Moment erinnert er sich, dass das ganze Dorf mit solchen Straßen ausgestattet ist. Das war ihm vorher gar nicht bewusst aufgefallen. Unfähig sich zu rühren, dreht er seinen Kopf und starrt auf den Mähdrescher, der sich gerade mit lautem Brummen in Bewegung setzt. Er steuert auf das Getreidefeld zu, ohne anzuhalten. Heftig gestikulierend rennt er dem Gefährt nach und schreit ununterbrochen „Halt, stehen bleiben!" Doch der Fahrer hat Kopfhörer auf und das laute Dröhnen der Maschine lässt ihn das Rufen nicht hören. Der andere Landwirt läuft ihm nach und hält ihn fest:

„So-e se mool, woss sool´n der Quatsch? Der Kerrle konn sej doch goar nejd hiern. Bleiwese stieh, sost sehe se noochher aus wej enn Schornschdoofäjer.“
(Sagen Sie mal, was soll denn der Quatsch? Der Kerl kann Sie doch gar nicht hören. Bleiben Sie stehen, sonst sehen Sie nachher aus wie ein Schornsteinfeger)

„Aber sehen Sie denn nicht, dass die Maschine das ganze Getreidefeld zerstört?“, antwortet der Angesprochene entsetzt und besinnt sich wieder auf sein mühsam erlerntes Hochdeutsch.

„Der mächt goar naud kabutt. Der meebt doch dej Gäeschde obb. Guck richdich hi, Monn!“
(Der macht gar nichts kaputt. Er mäht die Gerste doch nur ab. Sieh richtig hin, Mann!)

Jetzt sieht er es auch und ist fassungslos. Dieses Ungetüm walzt alles nieder, trennt in Sekundenschnelle die Körner von den Halmen und hinten spuckt er das Stroh aus.
Wie verhext steht er dabei und überlegt, wieviel Arbeit sich die Landwirte damit sparen können.
Er rührt sich nicht vom Fleck und die Familie steht ehrfürchtig dabei und spürt, was in dem Mann aus dem Jahr 1866 vorgeht. Sie stört ihn nicht und wartet, bis er selbst reagiert. Bald darauf kommt der Mähdrescher zurück und fährt ganz dicht an den Anhänger des Traktors heran. Ein großes Rohr schert aus und heraus fliegen die Körner. In hohem Bogen landen sie im Wagen.

Die Augen des adeligen Herrn überfliegen das ganze Feld. Er bemerkt, dass es riesig groß ist. Weit und breit sieht man keine Knechte und Mägde. Ein einziger Mann kann diesen Acker bearbeiten. Langsam geht er auf das Auto der Familie Meininger zu und murmelt ständig: „Unglaublich, das ist einfach unglaublich. Wenn ich das zu Hause erzähle, das glaubt mir kein Mensch.“

„Heute Abend werde ich an meinen Eintragungen weiterschreiben, damit ich nichts vergesse", denkt er bei sich und läuft wie ein Schlafwandler herum.

Kapitel 5

• • •

Die Familie fährt zurück zu ihrem Haus. Ihnen ist klar, dass ihr Gast keine weiteren Kulturschocks mehr verkraften kann. Sie bieten ihm an, sich auszuruhen, was er dankbar annimmt. Vater und Sohn machen sich alleine auf den Weg nach Nidda, um die wenigen Einkäufe zu erledigen.

Kurz darauf klingelt es an der Haustür und ein Lieferant für Tiefkühlkost bietet seine Ware an. Frau Meininger überlegt nicht lange und lässt sich eine Schwarzwälder Kirschtorte bringen. Sie hat keine Zeit zum Backen und möchte am Sonntag Kuchen auf den Tisch bringen.

Das alles beobachtet Herr von Froschhausen. Zaghaft tritt er näher und begutachtet die Schachtel, in der die Torte eingepackt ist.

„Was ist das?", fragt er und tippt mit seinem Zeigefinger an die Verpackung.

„Oh, Herr Müller beliefert die Haushalte mit Tiefkühlkost. Man kann bei ihm auch schon fix und fertig vorbereitetes Gemüse, Fleisch und ganze Menüs kaufen. Und wie Sie sehen können, auch bereits gebackenen Kuchen und natürlich Eis in vielen Variationen. Das alles hat er in seinem Auto, das Sie draußen auf der Straße sehen können."

„Aber es ist doch Sommer, wie kann man da etwas Gefrorenes transportieren? Und wer stellt das her?"

„Seit 1866 sind unendlich viele Erfindungen gemacht worden, die das Leben sehr erleichtern. Wir haben im Keller auch eine Gefriertruhe. Kommen Sie doch einfach mit, ich zeige sie Ihnen."

Gemeinsam steigen sie die Stufen hinab in den Keller, der aber überhaupt nicht nach Keller aussieht. Der Boden ist mit Fliesen belegt, an den Wänden hängen Bilder, schöne Lampen gibt es und es stehen merkwürdige Geräte herum. Frau Meininger bemerkt das Stutzen des Fremden und gibt sofort eine Erklärung.

„Mein Mann hat einen sitzenden Beruf, dazu noch einen weiten Weg ins Büro. Dadurch bekommt er zu wenig Bewegung. Um das auszugleichen, hat er sich ein paar Trimmgeräte gekauft, damit er fit bleibt!"

Herr von Froschhausen versteht so viel wie ein Bayer, dem man einen Brief in chinesischer Sprache vorliest.

„Wissen Sie was, mein Mann zeigt ihnen später, was es mit den Geräten auf sich hat. Dann werden Sie es verstehen. Hier ist unsere Gefriertruhe!" Sie öffnet sie und zeigt auf diverse Schüsselchen und Plastikbeutel. „Halten Sie mal Ihre Hände hinein, es ist minus 18° hier drin. Da verdirbt nichts und man kann sich so Vorräte halten. Alles, was ich im Garten ernte, kann ich hier einfrieren, das Einkochen entfällt."

„Oh", sagt der Angesprochene nur und sieht sich weiter in dem Raum um. Seine Gedanken gehen zu den Kellern, wie er sie kennt. Muffige dunkle Löcher, Spuren von Mäusekot auf dem Boden, an den Decken hängen ganze Generationen von Spinnweben und natürlich sind sie vollgestopft mit Regalen und Töpfen. Auf den sogenannten *Apfelbetten* faulen Äpfel vor sich hin und müssen täglich gesichtet werden, damit sie sich nicht gegenseitig anstecken.

Jetzt erst bemerkt er die Kälte, die ihm aus der Gefriertruhe entgegen kommt und zieht erschrocken seine Hand daraus zurück.

Langsam gehen beide die Treppe nach oben zurück in die Wohnung.

„Herr von Froschhausen“, spricht ihn Frau Meininger an, „möchten Sie sich nicht ein bisschen auf die Liege unter den Kirschbaum legen? Dort ist es schattig und angenehm kühl. Ich gebe Ihnen etwas zum Lesen, was Sie sicher interessiert. Seit 2010 gibt es ein Buch über Ulfa. Es wurde vom Geschichtsverein herausgegeben und dadurch werden Sie vielleicht vieles besser verstehen.“

„Das mache ich gerne, vielen Dank.“

Frau Meininger geht hinaus, um eine Auflage und ein paar Kissen auf der Liege auszubreiten. Sie stellt ihm eine Apfelschorle daneben und hofft, dass ihn dabei die Kohlensäure nicht erneut stört.

„Und wissen Sie was? Ich gebe Ihnen jetzt mal eine kurze Hose und ein T-Shirt von meinem Mann. Sie können doch unmöglich in Ihrem warmen Anzug draußen sein.“ Noch während sie das sagt, läuft sie ins Schlafzimmer und kommt gleich darauf mit der Kleidung zurück. Herr von Froschhausen verschwindet im Gästezimmer. Als er wieder auftaucht, schämt er sich etwas.

Frau Meininger muss sich das Lachen verkneifen und Jessi lacht ungeniert los, als sie den Mann sieht, der irgendwie verkleidet wirkt.
Unter dem T-Shirt trägt er sein Hemd und an den Waden prangen Sockenhalter, die die handgestrickten Strümpfe festhalten. Heraus schauen blasse Beine, die sicher noch nie die Sonne gesehen haben. Seine halbhohen Schuhe wirken ebenfalls fehl am Platz.

„Sie haben sich aber flott umgezogen.“, sagt Frau Meininger und lächelt ihn an.

„Doch ich will ganz ehrlich sein, so können Sie nicht unter die Leute gehen. Man würde Sie auslachen. Das T-Shirt, also ich meine den kurzärmeligen Pullover, trägt man direkt auf der Haut und die Shorts, also die kurze

Hose, nur über der Unterhose. Auch brauchen Sie keine Strümpfe. Mein Mann hat ein Paar Badeschuhe, die könnten Ihnen passen, ich bringe sie Ihnen gleich."

Hilflos schaut er an sich hinunter und ist froh, dass ihm diese Entscheidung abgenommen wird. Als er dann endlich fertig ist, geht er hinaus in den Garten. Frau Meininger ruft ihm nach: „Moment noch, Sie haben das Ulfa-Buch vergessen!", und geht ihm entgegen. Dankbar nimmt der Gerufene das Buch entgegen und schlägt es mit gemischten Gefühlen auf.

„Was wird es ihm zeigen? Wird er verkraften, was er da liest?" Als Erstes schlägt er das Kapitel von *Schule und Lehrer* auf. Klar, dass ihn das vorrangig interessiert. Ab Seite 156 sind die Lehrer namentlich erwähnt aber seinen Namen sucht er vergeblich. Er findet aber ihm bekannte Lehrer und sieht bei einigen mit Schrecken, wann sie gestorben sind. Nein, das will er gar nicht wissen und blättert schnell weiter. Trotzdem gehen ihm die Gedanken nicht aus dem Kopf, warum sein Name nicht im Buch steht. Und zum ersten Mal wird ihm bewusst, dass er vielleicht nie wieder zurückkehren kann, in sein altes Leben. Bis jetzt macht ihm diese neue Zeit Angst. Ständig stürmen weitere Eindrücke auf ihn ein und er ahnt, dass noch viele dazu kommen werden.
Mit diesem Gedanken sinkt sein Buch immer tiefer und plötzlich ist er eingeschlafen. Die seelische Erschöpfung fordert ihren Tribut.

So findet ihn Marion Meininger. Sie betrachtet ihn und sieht zum ersten Mal bewusst, dass er noch ein junger Mann ist. Mit ebenmäßigen Gesichtszügen, einer hohen Stirn, einer geraden Nase mit einer klitzekleinen Narbe darauf und weichen Lippen. Man könnte ihn einen attraktiven Mann nennen. „Wie alt mag er sein?", denkt sie und taxiert ihn auf etwa 25 Jahre. „Was geht in ihm vor?", überlegt sie weiter und versetzt sich gedanklich in seine Lage. In diesem Moment beschließt sie, sich Seiner besonders anzunehmen. Sie will ihm Gutes tun und ihm helfen, mit seiner misslichen Lage klarzukommen. Zum ersten Mal überlegt sie auch, ob es überhaupt eine Möglichkeit gibt, ihn wieder in seine Zeit zurückzubringen. Gerade als sie leise gehen will, wird der Schlafende wach und sieht sich verwirrt um. Er hatte merkwürdige Träume, in denen sich 1866 mit 2016 vermischte. Trotzdem fühlt er sich ausgeruht und stellt anhand seiner Taschenuhr fest, dass er zwei Stunden geschlafen hat. Er will aufspringen und sich dafür entschuldigen. Doch Frau Meininger drückt ihn sanft auf die Liege zurück. „Sie bleiben schön liegen und erholen sich. Es ist viel auf Sie eingestürmt, das muss Ihr Körper erst verkraften."

„Da, wo ich herkomme", überlegt er laut, „würde man mich mit Schimpf und Schande überschütten, wenn ich mich mitten am helllichten Tag hingelegt hätte ohne krank zu sein." Bei diesem Gedanken muss er schmunzeln und stellt fest, dass er sich daran gewöhnen könnte.

Er greift erneut nach dem Ulfaer Geschichtsbuch und fragt sich: „Ist es gut, wenn ich die Zukunft kenne?" „Sollte ich besser mit dem Lesen aufhören‘?" Doch im gleichen Moment weiß er, dass er das nicht kann. Das Buch brennt ihm förmlich unter den Nägeln. Behutsam wendet er Blatt für Blatt und bleibt schließlich auf Seite 123 bei den Ulfaer Pfarrern hängen. Da liest er: Gustav Baist aus Grünberg. „Pfarrer Baist hat ihn mit weiteren 25 Kindern konfirmiert. Er ist ein Mann Gottes, streng aber gütig und gerecht. Schon oft hat er sich mit ihm ausgetauscht und sie haben über ihre Studienjahre gesprochen."

Kapitel 6

• • •

Es ist später Nachmittag. Jedes Familienmitglied hat diesen Samstag anders verbracht. Vater und Sohn waren in Nidda und Florian hat seine Kopfhörer bekommen. Marion Meininger hat Hausputz gemacht, Jessi saß lange Zeit über ihren Hausaufgaben. Sie ist noch nicht ganz fertig als Herr von Froschhausen zur Tür hereinkommt.

„He, Sie sind doch Lehrer.“, spricht sie ihn an. „Ich könnte Ihre Hilfe gebrauchen.“

„Hmmm, äh, gerne“, stottert dieser, „um was geht es denn?“ Und schon sitzt er neben ihr und betrachtet ihr Heft mit den Matheaufgaben. Die Zeit vergeht im Nu und tatsächlich; Jessi ist hochzufrieden mit der Hilfe.

„Danke, durch Sie schreibe ich nächste Woche vielleicht eine gute Note. Mathe ist nicht mein Lieblingsfach.“

Der Lehrer freut sich darüber, steht aber irgendwie unter Spannung. Die Art seiner neuen Schülerin ist ihm total fremd und gar manchmal hätte er ihr am liebsten eine Ohrfeige verpasst. Sie hat ständig dazwischengeredet, sogar mit diesem merkwürdigen Gerät gesprochen und einmal zu ihm gesagt: „He, Mann, bleiben Sie locker!“ Was immer sie damit auch gemeint haben könnte.

Ihrer Mutter schien das überhaupt nichts auszumachen. Sie hat vieles mitbekommen und musste ab und zu sogar schmunzeln.

• • •

Nun sitzen sie alle am Abendbrottisch. Jeder erzählt von seinen Erlebnissen an diesem Tag. Mittlerweile hat sich der

Mann aus der Vergangenheit an den Umgangston gewöhnt und es erscheint ihm gar nicht mehr so schlecht. Die Kinder wirken nicht verschüchtert, dürfen frei ihre Meinung äußern und werden ernst genommen. Doch im nächsten Moment zweifelt er erneut an dieser Erziehungsmethode. Schockiert und errötend muss er sich mit anhören, wie der Junge von einer Lehrerin erzählt, die ein Kind erwartet.

„Heute hat sie uns alle mal an ihren Bauch fassen lassen", berichtet dieser fröhlich. „Gerade als ich dran war, hat sich das Kleine bewegt. Mama, eigentlich könntest du doch auch noch ein Kind bekommen, das wäre cool."

Jessi reißt die Augen auf und tippt sich an die Stirn.

„Bist du verrückt, ich möchte doch kein Babygeschrei mehr im Haus haben und ich müsste dann auch sicher Babysitter machen. Mama, vergiss ja nicht die Pille zu nehmen. Hast du gehört?"

„Jetzt aber mal halb lang, ihr zwei. Unsere Familienplanung ist abgeschlossen, obwohl ich mich sehr gerne daran erinnere, als ihr beide noch Säuglinge gewesen seid."

„Mama, Mama, ich habe noch was vergessen, ruft Florian ganz aufgeregt. Die Lehrerin hat uns sogar ihren Mutterpass gezeigt. Darin war auch ein Ultraschallbild des Ungeborenen, es ist ein Junge."

Jetzt erst bemerkt die Familie die Miene ihres Gastes.

Verwirrung pur steht ihm ins Gesicht geschrieben und sein Mund ist vor Erstaunen geöffnet.

„Möchten Sie auch etwas dazu sagen, Herr von Froschhausen?"

„Ich, äh, also ich….Wie kann es sein, dass die Lehrerin bereits vor der Geburt weiß, welches Geschlecht das Kind hat? Das ist doch unmöglich!"

„Doch, das ist möglich. Es wurde ein Ultraschall-Gerät

erfunden, mit dem man von außen erkennen kann, wie das Kind aussieht, wie groß es ist und natürlich auch, ob es ein Junge oder ein Mädchen ist. Es können damit sogar Herzfehler oder Missbildungen entdeckt werden. Die Ärzte haben schon Babys im Mutterleib operiert. Dazu wird der Bauch der Mutter aufgeschnitten und das Kind behandelt. Es ist äußerst spannend, was die Medizin heute alles kann."

„Bitte entschuldigen Sie, aber noch nie habe ich jemanden so offen vor Kindern über dieses Thema reden hören. Mir ist das peinlich. Wir erzählen den Kleinen, dass die Klapperstörche die Kinder bringen!"

„Also, Herr Lehrer, jetzt hören Sie mir aber mal gut zu!", ruft Florian dazwischen. „Wir haben in der Schule Sexualkundeunterricht, wenn Sie überhaupt wissen, was das ist. Wir lernen nicht nur, wie die Kinder in den Bauch kommen, sondern auch wie man eine Schwangerschaft verhindern kann."

Entsetzt ruft Herr von Froschhausen: "„Wo bin ich hier nur hingeraten?". Das kann doch nicht wahr sein."

De meldet sich Herr Meininger zu Wort:

„Sie können unserem Sohn ruhig glauben, alles ist wahr, was er Ihnen gesagt hat. Ich komme auch noch einmal auf die moderne Medizin zurück. Es gibt tausende Kranke, denen das Herz eines anderen Menschen eingepflanzt wurde. Wenn die Person zu ihren Lebzeiten damit einverstanden ist, dann dürfen Ärzte ihrem toten Körper Organe entnehmen und sie anderen Patienten einsetzen.

Das sind Nieren, Herzen, Augenteile und sogar Gliedmaßen. Überhaupt leistet die Medizin großartiges. Viele Menschen lassen sich auch die Falten im Gesicht wegoperieren, meistens sind es Frauen, die meinen, für immer jung aussehen zu müssen. Doch in erster Linie sind es wichtige Operationen, die das Leben vieler verlängern und die dadurch wieder mehr Lebensqualität gewinnen. Wenn es bei Geburten zu Komplikationen kommt, holen die Ärzte das Kind durch einen Eingriff aus dem Mutterleib. Selbst winzig kleine Babys haben dadurch die Chance zu überleben. Sie kommen sofort nach der Geburt in sogenannte Brutkästen. Darin herrschen ähnliche Bedingungen wie im Leib der Mutter. Das Kind wird durch Geräte überwacht und durch Sonden direkt in die Nase mit Nahrung versorgt."

„Unglaublich!", murmelt Herr von Froschhausen und hält bei gesenktem Kopf die Hand vor die Augen. Das muss er alles erst verdauen. Und wieder überlegt er, ob er nicht doch mal mit dem ortsansässigen Pfarrer reden soll.

Da kommt ihm eine Idee.

„Morgen ist doch Sonntag", beendet er das Thema. „Ich gehe davon aus, dass die Familie den Gottesdienst besucht!"

Betretenes Schweigen herrscht am Esstisch und die Familie schaut sich gegenseitig an.

„Nöö, nöö!", ruft Jessi, „Sonntags wollen wir ausschlafen. Wer geht heute noch in die Kirche, außer ein paar alten Leutchen. Mir hat es schon gereicht, dass ich während meiner Konfirmandenzeit immer hingehen MUSSTE!"

„Ja, glaubst du denn nicht an Gott?"

„Doch irgendwie schon aber ich habe trotzdem keine Lust, meinen Sonntagvormittag in der Kirche zu verplempern. Möchten Sie denn gerne in den Gottesdienst gehen?", antwortet Jessi und schaut den Gast fragend an.

„Aber natürlich, das ist doch Christenpflicht.", wundert er sich über diese merkwürdige Frage.

„Wisst ihr was?", sagt der Hausherr zu seiner Familie, „Wir begleiten morgen einfach mal Herrn von Froschhausen. Da kann er sich die Kirche anschauen und feststellen, was ihm von seiner Zeit her noch bekannt vorkommt. Wird sicher interessant."

Nach kurzem Gemaule ist sogar Jessi bereit, mitzugehen. Sie hofft aber inbrünstig, dass das ihre Freundinnen nicht mitbekommen, denn die würden sie mit Sicherheit auslachen. Es wird abgemacht, dass man das Frühstück etwas zeitiger einnehmen wollte, damit niemand hetzen muss.

Jessi erhebt sich vom Tisch und will sich schnell verkrümeln. Doch ihre Mutter holt sie zurück und erinnert sie daran, dass sie in der Küche zu helfen hat. Florian soll drei Mülleimer leeren. Aber nicht bevor ihn der Vater noch einmal klar und deutlich auf die Mülltrennung hingewiesen hat.

„Denke daran, dass du das Papier in die Papiertonne wirfst, Plastik in den gelben Sack steckst und nur der Rest kommt in die schwarze Restmülltonne." Widerwillig gehorcht Florian.

„Ja, ja, ich bin doch kein Baby mehr, das hast du mir schon hundertmal gesagt."

„Und warum tue ich das?" fragt der Vater ärgerlich, „Weil du immer wieder Fehler machst."

Plötzlich hellt sich die Miene von Florian auf. „Kommen Sie doch einfach mal mit, Herr Lehrer. Da sehen Sie, wie verschwenderisch die modernen Menschen mit den Ressourcen der Erde umgehen." Er weiß jetzt schon, dass das wieder ein langes Gespräch wird, denn er sieht den wissbegierigen Blick des Angesprochenen.

Kapitel 7

• • •

Auch an diesem Abend geht Herr von Froschhausen früh ins Bett. Zum einen ist er das so gewöhnt und außerdem ist er müde. In der ersten Nacht hat er nur wenig Schlaf bekommen, was er jetzt umso mehr bemerkt, trotz seines ausgiebigen Mittagsschläfchens.

Bevor er sich von der Familie verabschiedet, steckt ihm Frau Meininger noch ein paar illustrierte Zeitungen zu.

„Hier haben Sie noch was zu lesen."

„Danke, Frau Meininger, danke für alles. Wie kann ich es jemals wieder gutmachen, dass Sie mich hier aufnehmen und bei Ihnen wohnen lassen. Bitte entschuldigen Sie, dass ich mich nicht schon längst bedankt habe. Ich weiß, dass das, was Sie tun, nicht selbstverständlich ist und nicht jeder machen würde." Bei seinen Worten errötet er und schlägt die Augen nieder.

„Sie sind uns keine Last, wir haben Sie gerne bei uns. Wir freuen uns, wenn wir Ihnen helfen können und Sie unsere Welt kennen lernen."

Mit Zeitschriften im Arm macht es sich Herr von Froschhausen gemütlich in einem himmlischen Bett. Noch immer kann er es nicht fassen, dass es so etwas Bequemes überhaupt gibt. Direkt über seinem Kopf ist ein kleines Licht angebracht. Wieso es funktioniert weiß er nicht aber er kommt sich jedes Mal wie ein Zauberer vor, wenn er den Schalter betätigt.

Dieses Papier, das man hier Zeitschrift nennt, sieht hübsch aus. Er kann sich beim besten Willen nicht erklären, was er da wirklich in Händen hält.

Auf der Titelseite sieht man ein lachendes Paar und einige ihm unverständliche Sätze dazu.

Kaum hat er die erste Seite in dem Magazin aufgeschlagen, als ihm fast die Augen aus dem Kopf fallen und mit einem Satz steht er senkrecht im Zimmer.

„Das... das... das ist... das ist... das ist ja ungeheuerlich!“, stammelt er vor sich hin. Dabei spricht er so laut, dass es kurz darauf leise an der Tür klopft und sich die Tür öffnet. „Entschuldigen Sie bitte die Störung. Sie haben so entsetzt geklungen, da dachte ich, dass ich mal nach Ihnen schauen müsste“, sagt Herr Meininger. „Was ist denn passiert, haben Sie schlecht geträumt?“

„Es ist widerlich, was ich hier sehe. Lauter halbnackte Frauen, eigentlich haben sie gar nichts an. Schamlos, kann ich da nur sagen. Woher kommt dieses Satanszeug?“ Angewidert wirft er die Seiten auf den kleinen Sessel in der Ecke des Zimmers.

Herr Meininger bückt sich, um die Illustrierte aufzuheben. Er blättert und kann nichts Merkwürdiges finden.

„Ah, das scheint es zu sein, was unseren Gast so aufgebracht hat.“, denkt er und geht damit zu ihm hin.

„Sind es diese Bilder?“, fragt er und zeigt darauf.

„Ja“, sagt dieser und nickt dabei und wagt es nur aus den Augenwinkeln heraus, die Bilder erneut anzusehen. Gleichzeitig überziehen sich seine Wangen mit Röte.

„Schauen Sie mal her, das sind doch nur Frauen im Schwimmbad. Bei uns tragen die Frauen und Mädchen, wenn sie schwimmen gehen, Badeanzüge oder Bikinis. Manche sonnen sich auch oben ohne. Also ich meine, ohne Oberteil. Das macht man heutzutage so. Es ist nichts dabei und niemand stört das. Daran werden Sie sich gewöhnen müssen, so lange Sie bei uns sind.“

Herr von Froschhausen lässt sich auf das Bett sinken und es kommen ihm die Tränen. „Wie soll ich das alles nur verkraften? Herr Meininger, bitte helfen Sie mir! Meine ganze Welt wird auf den Kopf gestellt. Werte, die man mich von Kindesbeinen an gelehrt hat, gibt es nicht mehr."

„Ja, ich kann Sie verstehen. Was halten Sie von diesem Vorschlag? Denken Sie doch einfach, Sie wären als Baby gerade erst auf die Welt gekommen. Die Säuglinge hinterfragen nichts und nehmen nur alles wissbegierig in sich auf. Vielleicht gelingt Ihnen das!"

„Ich will es versuchen!", stammelt der Angesprochene und zieht die Nase hoch, was ihm sofort peinlich ist.

„Wollen Sie trotzdem weiterlesen?"

„Ja, ich werde jetzt vorgehen wie ein Baby, das lesen kann" dabei grinst er schief.

„Das ist eine gute Einstellung. Schlafen Sie gut! Morgen geht's in die Kirche, so wie Sie es sich gewünscht haben."

„Ja, darauf bin ich gespannt."

Die Tür wird leise geschlossen und er ist wieder alleine mit seinen Ängsten. „Was wird ihn morgen erwarten?" Mit diesen Gedanken legt er sich aufs Kissen und ist im selben Moment eingeschlafen.

Kapitel 8

• • •

Im ganzen Haus herrscht Hektik. Maulende Kinder sehen unausgeschlafen aus und beschweren sich lautstark, dass sie keine Lust auf Kirche *und so* haben. Was immer sie mit *und so* meinen.

„He, ihr zwei!“, ruft der Vater energisch. „Gestern waren wir uns einig, dass wir heute mit Herrn von Froschhausen in den Gottesdienst gehen und daran halten wir uns. Ist das klar?“

Das Frühstücken geht ziemlich wortkarg vor sich, worüber sich der Gast freut. Er ist es nicht gewohnt, dass während des Essens gesprochen wird.

Frau Meininger räumt den Tisch nicht ab.

„Das machen wir, wenn wir wieder nach Hause kommen.“, sagt sie und schaut dabei ihre Tochter an.

„Nicht schon wieder ich, Florian muss auch mithelfen.“, beschwert sie sich.

Die Mutter kennt die Art ihrer Tochter und schweigt vorerst, was der junge Lehrer mit seinen Erziehungsmethoden aus dem Jahre 1866 überhaupt nicht verstehen kann. In seinem Ulfa hätte sich das kein Kind getraut. Im günstigsten Fall wäre ihm eine schallende Ohrfeige verpasst worden. Oft wurde ihm aber auch der Hintern mit Vaters Gürtel versohlt. Da er selbst ein braves Kind war, blieb er meistens davon verschont. Doch die Angst saß ihm im Nacken, wenn er das Leid anderer Kinder mitansehen musste.

Endlich sitzt die Familie im Auto, um in die Kirche zu fahren. Die Logik dieser Handlung kann sich Herr von

Froschhausen nicht erklären, denn die Kirche ist doch schnell zu Fuß zu erreichen. Aber er fragt nicht, denn noch immer ist es für ihn ein Abenteuer, wenn er sich in diesem merkwürdigen Ding anschnallen muss.

Jessi mustert den Fremden und fragt sich, warum ihre Mutter nicht darauf bestanden hat, dass er sich etwas Modernes anzieht. Er sieht wirklich zum Schießen aus und wird wahrscheinlich alle Blicke auf sich ziehen. Doch mit den Blicken hält es sich zunächst in Grenzen. Lediglich elf Frauen sitzen in ihren Bänken und ganz vorne lümmeln sich eine Handvoll Konfirmanden. Die gesamte Familie steuert auf eine Bank zu. Aber da stutzt Herr von Froschhausen. Noch nie hat er bei den Frauen gesessen. Das ist doch ungehörig. Männer müssen oben sitzen! Herr Meininger erinnert sich daran, dass man das früher so machte. Er tuschelt kurz mit seiner Frau und danach steigen die drei Männer die Treppe hinauf auf den „Balkon".

Jessi und ihre Mutter fühlen sich unwohl so alleine. Sie sind keine regelmäßigen Kirchgänger und glauben, dass alle sie anstarren.

Oben suchen sich die drei einen Platz, wo sie alles überschauen können. Danach lässt Herr von Froschhausen seine Blicke schweifen. Vieles ist ihm in „seiner" Kirche fremd, doch anderes auch wieder vertraut. Das tut ihm gut. Er wird aus seinen Gedanken gerissen, als die Organistin zu spielen beginnt. Trotzdem kann er sich kaum konzentrieren und schaut sich suchend um.

„Kann es wirklich sein, dass so wenige Menschen sonntags in die Kirche gehen?", überlegt er weiter und blickt sich um. Außer ihnen sitzen noch acht Männer verstreut in den Bänken.

Jäh wird er aus seinen trüben Gedanken gerissen und ist hellwach, denn was er da sieht, darf einfach nicht wahr sein.

Es ist eine Frau! Der Pfarrer ist eine Frau! Wie kann so etwas überhaupt möglich sein? Eine Frau!

Eine Frau? Plötzlich wird ihm bewusst, dass es jetzt unmöglich ist, ein Gespräch mit dem Pfarrer zu führen. Und wieder ist er, wie so oft, davon überzeugt: „Sodom und Gomorra!“ Dass auch die Orgel von einer Frau gespielt und selbst das Küsteramt von einer Frau ausgeführt wird, registriert er nur nebenbei.

Im selben Moment ruft er sich zur Räson und erinnert sich an die Worte seines Gastgebers. Er will alles prüfen und das Gute behalten. Das steht schon in der Bibel, wie er sich erinnert. Jetzt wird er ruhiger und er kann den Worten der jungen Pfarrerin folgen. Sie erzählt, dass Gott alles in der Hand hat und auch das kennt, was uns Angst macht und uns nicht gefällt.

„Genau das ist es, was ich wissen muss.“, denkt er und fühlt sich getröstet.

Die Lieder sind ihm fremd aber plötzlich wird ausgerechnet sein Lieblingslied angestimmt: *Großer Gott, wir loben dich!* Die Verse musste er im Konfirmandenunterricht auswendig lernen. Daher kann er mit geschlossenen Augen mitsingen. Wie schön!

Florian schaut den Sänger von der Seite an und wundert sich über die Inbrunst, mit der *Froschi*, wie er seinen Sitznachbarn heimlich nennt, singt. „Er ist und bleibt ein merkwürdiger Kauz.“, denkt er und blickt gelangweilt in der Kirche umher. Zu seiner Freude ist der Gottesdienst gleich zu Ende.

„Oh weh, wie werde ich das nur aushalten, wenn ich selbst Konfirmand bin?“, denkt er und legt die Stirn in Falten. Aber seine Frohnatur lässt trübsinnige Gedanken nicht zu und er hüpft fröhlich die Stufen hinunter zu Mutter und Schwester. Kaum vor der Tür, hat Jessi bereits wieder das Smartphone in der Hand. Doch sie steckt es ganz schnell weg, als sie eine alte Frau auf ihre Mutter zukommen sieht und hört, was diese zu sagen hat. Sie spitzt die Ohren.

„Doss eass owwer schie, dass ihr all hej seid." sagt sie und deutet dabei auch auf Herrn Froschhausen. „Owwer saa emool, ween hott ihr donn doo bei auch? Waaste, der sieht aus, wej der Kealle off dem Beld, woss bei de Mause Hilde ean deare ihrer aale Wohnstuwwe hengt. Doss eassess Hochzeitsbeld voo dem. Aich glaawe, der hott doo droff sogoar deselwe Oozug oo. Doss fällt mir joo eawwe iascht off. Iwwerhaabt, wej der rimmlääft, wuu hott ihr den donn offgegowwelt?"

(Das ist aber schön, dass ihr alle hier seid. Aber sagt mir, wen habt ihr da bei euch? Weißt du, er sieht aus wie der Mann auf dem Bild, das bei der Mause Hilde in deren alter Wohnstube hängt. Es ist das Hochzeitsbild von ihm. Ich glaube, er hat darauf sogar denselben Anzug an. Das fällt mir ja eben erst auf. Überhaupt, wie er herumläuft, wo habt ihr ihn denn aufgegabelt?)

„Ja, Jessi hat das mit dem Bild bei der Mause Hilde schon angedeutet. Aber würdest du bitte Hochdeutsch mit mir sprechen. Ich verstehe leider nicht alles von dem, was man hier in Ulfa so in Dialekt redet. Du weißt doch, ich komme aus einer anderen Gegend. Nur mein Mann ist hier groß geworden."

„Ach so, doo huu aich goar nejd droo gedoocht." *(Ach so, ich habe gar nicht daran gedacht)*, sagt die Frau und merkt nicht, dass sie genauso weiterspricht wie zuvor.

„Danke für den Hinweis, ich werde mich mal mit der Hilde in Verbindung setzen.", sagt Frau Meininger und sucht gleichzeitig mit den Augen ihre Familie.

Diese hat sie schnell gefunden, denn die Anzahl der Kirchgänger ist überschaubar und zerstreut sich bald.

„Mamaaaa“ schallt es aus der anderen Ecke, in die sich Florian und Jessi verkrümelt haben. Sie haben keine Lust auf langweilige Gespräche von Erwachsenen. Aus dem Quengelalter sind sie raus, das wissen sie auch und darum gehen sie lieber woanders hin.

„Hier bin ich!“, ruft die Mutter, obwohl die Kinder sie sehen können und ihre Antwort eigentlich überflüssig ist.

„Was ist denn los?“

„Bitte, bitte, bitte, können wir zu Mc. Donald´s zum Essen fahren?“, betteln beide Kinder gleichzeitig.

Mutter hat Bohnen aufgetaut und das ist nicht gerade das Lieblingsessen der beiden. Frau Meininger überlegt und wendet sich dabei mit einem fragenden Blick ihrem Mann zu.

„Was hältst du davon, Thomas? Die Kinder wollen gerne bei Mc. Donald zu Mittag essen.“

„Hmmm, ich bin davon nicht gerade entzückt. Aber in Anbetracht der Ausnahmesituation, in der wir zurzeit als Familie stecken, ist es gar keine so schlechte Idee. Außerdem ist das vielleicht auch wieder eine Erfahrung für unseren Gast.“ Jessi und Florian jubeln und nehmen Herrn von Froschhausen an den Händen und drehen sich mit ihm im Kreis. Nur selten geht die Familie auswärts essen und schon gar nicht, wenn es sich um Hamburger & Co handelt.

Kapitel 9

• • •

So wie es aussieht, haben noch andere Familien ihre sonntägliche Mahlzeit zu Mc. Donald´s verlegt. Auf jeden Fall sind viele Tische besetzt und vor der Theke haben sich drei Schlangen gebildet.

„Oh, Mann!“, ruft Jessi, „Das kann ja heiter werden heute!“ Dabei wird sie von Herrn von Froschhausen beobachtet, der sich keinen Reim auf diese Aussage machen kann.

„Was gucken Sie denn so, gefällt Ihnen diese Ansteherei?“ Was wollen Sie überhaupt essen, haben Sie sich die Bilder schon mal angesehen? Wenn wir drankommen, muss jeder wissen, was er haben möchte.“

Scheinbar ist ihr in diesem Moment nicht bewusst, dass der von ihr Angesprochene sich überhaupt nicht auskennen kann. Hilfreich greift Herr Meininger in das Gespräch ein.

„Jessi, was soll das? Unser Gast war noch nie bei Mc. Donald´s und weiß über unsere Gepflogenheiten nicht Bescheid.“

„Sorry, Papa, hast ja Recht. „Tschuldigung!“, sagt sie und sieht dabei treuherzig den immer noch ratlos blickenden Herrn an.

„Also, Herr von Froschhausen, das geht hier so vor sich:“

Nach diesen kurzen Erklärungen bittet er seinen Gastgeber ihm einfach das zu bestellen, was er auch isst. Ob das gut geht?

Kurz danach steuert die gesamte Familie mit zwei Tabletts auf einen gerade frei gewordenen Tisch zu.

Beobachtend und abwartend sitzt Herr von Froschhausen dabei und ist gespannt, was es zu Essen gibt. Er hat sich fest vorgenommen, alles zu probieren und sich nicht zu wundern.

Vor ihn wird eine Schachtel mit *Chicken Wings* gestellt, Jessi bekommt einen Cheeseburger, Florian und seine Eltern nehmen sich Chicken Mc.Nuggets. Das sind alles Namen mit denen der Herr aus dem 19. Jahrhundert überhaupt nichts anfangen kann.
Florian stupst ihn mit dem Ellenbogen an und sagt mit vollem Mund: „Da sind auch noch Pommes, sie sind für uns alle und Sie dürfen sich auch nehmen."

Verwundert sieht er, dass der Junge die Chicken in eine Soße taucht und mit den Fingern in den Mund schiebt. Sogar die Pommes nimmt er einfach so in die Hand. Möglichst unauffällig sieht er sich nach seinen anderen Tischnachbarn um und merkt, dass auch sie ungeniert ohne Besteck essen. Herr Meininger fängt den Blick auf und glaubt etwas erklären zu müssen.

„Wissen Sie, Herr von Froschhausen, das ist ein Restaurant, wo mit den Fingern gegessen wird. Diese Sitte ist aus Amerika zu uns gekommen. Am Anfang war es für uns auch fremd aber unsere Kids fahren voll darauf ab. Sie können sich gerne vorher noch die Hände waschen. Da vorne ist eine Toilette." Herr Meininger könnte mit seinem Gast genauso gut Suaheli sprechen. Dieser versteht nämlich so gut wie nichts.

„Verzeihen Sie bitte!", antwortet dieser etwas verlegen, „Ich weiß nicht, was Sie meinen."

„Oh, jetzt bin ich dran, mich zu entschuldigen. Ich habe vergessen, dass Ihnen die Worte fremd sein müssen.
Vielleicht wissen Sie eher was ein Wirtshaus ist als ein Restaurant, oder? Den Abort nennt man heute Toilette."

„Ah, ja, das kenne ich. Aber bitte sagen Sie mir, was sind Kids?"

„Das Wort Kids kommt ebenfalls aus dem englischen und heißt Kinder. Möchten Sie nun zur Toilette gehen? Beeilen Sie sich, sonst ist das Essen kalt, bevor Sie angefangen haben."

Etwas umständlich erhebt sich der Fremde und geht mit gesenktem Haupt auf die Toilette zu. Genau wie im Haus der Meiningers öffnet er die Tür. Er sieht zwei Türen und auch ein Waschbecken. Während er noch unschlüssig überlegt, öffnet sich eine der Türen und heraus kommt eine mit viel Schmuck behängte ältere Dame. Sie sieht den Mann und bekommt sofort ein rotes Gesicht vor Ärger. „He, Sie Schießbudenfigur, was machen Sie in der Damentoilette?" Und dabei schwenkt sie drohend ihre Handtasche.

„Äh, ich, wie? Was habe ich denn falsch gemacht?", stottert der Angesprochene und schaut irritiert nach der aufgebrachten Frau.

„Tun Sie nur so dumm oder sind Sie zu blöd zum Lesen? Außen auf der Tür steht doch klar und deutlich Damen."

Mit einem gemurmelten *Verzeihung* sucht Herr von Froschhausen das Weite und geht unverrichteter Dinge zu dem Tisch der Familie zurück. Alle sehen ihm seine Verstörtheit an und drei Augenpaare blicken erwartungsvoll auf ihn. Mehrmals muss er durchatmen bis er in der Lage ist, etwas zu sagen.

„Ich glaube, ich habe mich hoffnungslos blamiert. Eine Frau hat mich beschimpft und sagte, ich sei bei den Damen. Wie meint sie das? Genau wie bei Ihnen zu Hause habe ich die Tür zur Toilette geöffnet und bin hinein gegangen. Eigentlich wollte ich mir ja nur die Hände waschen." Dabei dreht er seine Hände nach allen Seiten und schaut sie dabei gedankenverloren an.

„Bitte entschuldigen Sie, wir vergessen immer wieder, dass Sie sich ja nicht auskennen in unserer Welt, die für uns selbstverständlich ist. Wir bemühen uns, Sie in Zukunft besser zu informieren. Ich denke, ich kann da für meine gesamte Familie sprechen“, und alle nicken zustimmend.

„Wissen Sie was? Ich gehe jetzt mit Ihnen und weihe Sie in die Geheimnisse unserer modernen Toiletten ein.“, und dabei zwinkert er ihm geheimnisvoll zu. Nur zu gerne nimmt der junge Lehrer dieses Angebot an.

Zurück am Tisch sieht er, dass die anderen fast ihr ganzes Essen verspeist haben. Darum beeilt er sich. Aber als er den ersten Bissen in den Mund nimmt, kann er nicht mehr schnell essen. Das muss er genießen. So etwas hat er noch nie probiert und das sagt er auch. Doch im Gegensatz zu Florian tut er das mit leerem Mund, wie es sich für einen wohlerzogenen jungen Lehrer gehört.

Kapitel 10

• • •

Den Rest des Sonntags verbringt die Familie zu Hause in ihrem Garten. Die Erwachsenen sitzen zusammen und erzählen sich. Herr von Froschhausen hat viele Fragen, die ihm geduldig beantwortet werden. Das Ehepaar Meininger lauscht aber auch gebannt seinen Worten. Es hört seinen Ängsten zu und allen stellt sich die bange Frage, ob er jemals wieder in seine Zeit zurückkehren kann.

„Gibt es denn ein Mädchen, das vielleicht auf Sie wartet?“, fragt Herr Meininger „Und das sich um Sie sorgt?“

Wie immer, wenn ihm etwas peinlich ist, überzieht verlegene Röte das Gesicht des Gastes. Er ist es nicht gewohnt über solche privaten Dinge zu sprechen. Aber er hat mittlerweile begriffen, dass im Jahr 2016 alles anders ist. Er nimmt seinen ganzen Mut zusammen und nickt schüchtern. Dabei schlägt er die Augen nieder.

„Mann, das ist vielleicht cool!“, ruft Florian und klopft seinem Gegenüber dabei auf die Oberschenkel. „Erzählen Sie doch mal von ihr. Wie sieht die Tante aus, was macht sie so, ist sie hübsch?“

„Wen meinst du mit Tante?“

„Na, Ihre Freundin halt.“

„Sie ist nicht meine Freundin“, sagt Herr von Froschhausen und erneut röten sich seine Wangen.

„Ja, was denn dann?“ bohrt Florian weiter.

„Ich mag sie halt, ich habe ihr bisher noch keinen Heiratsantrag gemacht. Aber ich könnte mir denken, dass sie darauf wartet. Denn auch sie schaut mich immer so besonders an.“

Nun schaltet sich Jessi ein.

„Wie? Sie wollen damit doch nicht sagen, dass Sie einer Frau einen Heiratsantrag machen wollen und haben sie bisher noch nicht mal geküsst? Sie kommen wirklich von einem anderen Stern! Auf so einen Verehrer würde ich liebend gerne verzichten. Man kauft doch nicht die Katze im Sack!"

Herr von Froschhausen erwidert darauf nichts, denn er merkt, dass er den Gedankengängen der Jugendlichen nicht folgen kann.

„Kinder!", weist Papa Meininger seine Sprösslinge zurecht. „Bitte lasst unseren jungen Gast in Ruhe! Ihr wisst doch, dass er mit unserer Art zu leben nicht vertraut ist. Respektiert, dass er anders aufgewachsen ist und andere Werte kennt als ihr! Und die sind wahrhaftig nicht schlecht."

„Junger Mann, was halten Sie von einem schönen Bad? Wenn Sie wollen, lasse ich Ihnen Wasser in die Badewanne einlaufen. Sie können aber auch duschen, je nachdem, was Ihnen lieber ist. Heute war ein heißer Tag und wir sind alle verschwitzt." Dieses Angebot kommt von Frau Meininger.

„Aber heute ist doch Sonntag.", antwortet dieser.

„Ja, und? Was hat das Baden mit dem Wochentag zu tun?"

„Bei uns wird nur samstags gebadet, wenn überhaupt. Frau Hinkel hat einen alten Holzzuber, in den sie immer ein paar Eimer heißes Wasser gießt und ich fülle mit kaltem Wasser auf. Das machen wir aber meistens nur im Sommer. Im Winter ist es dafür zu kalt. Der Zuber steht in einem Raum im Keller, wo man nicht heizen kann. Zuerst steigt Frau Hinkel hinein, danach ihr Mann und zuletzt ich. Wir beeilen uns, damit das Wasser nicht zu kalt ist für den letzten."

„Wie passen Sie denn zu dritt in so einen kleinen Zuber?“ fragt Florian mit offenem Mund.

Herr von Froschhausen begreift nicht sofort, was Florian meint. Aber dann geht ihm ein Licht auf.

„Du ungezogener Bengel, was sagst du da? Selbstverständlich badet nach und nach jeder für sich alleine! Niemals würde sich jemand vor einem anderen Menschen ausziehen. Dafür könnte man wegen öffentlichem Ärgernis ins Gefängnis kommen!“

„Ach, du grüne Neune. Hast du das gehört Schwesterherz? Ja, haben Sie denn nie zusammen mit ihrem Vater oder Ihrer Mutter als Kind gebadet? Da sieht man sich doch automatisch nackig.“, fragt er den Kopf drehend in Richtung des Gastes.

Dieser richtet sich zu seiner vollen Größe auf und erwidert tadelnd: „Was redest du denn da für ein obszönes Zeug?“

„Entschuldigen Sie bitte, dass ich mich einmische, Herr von Froschhausen.“, sagt Florians Vater. „Aber unsere Kinder haben tatsächlich früher oft mit uns zusammen gebadet. Dabei denkt sich kein Mensch was. Jessi und Florian werden aufgeklärt. Sie kennen den Unterschied zwischen Mann und Frau und haben damit keinerlei Probleme.“

Wieder klaffen 150 Jahre zwischen dem Gestern und dem Heute und wieder erschließt sich einem jungen Mann der Sinn genauso wenig, wie wenn ein chinesischer Bauer auf einem Reisfeld Kartoffeln anbauen würde.

Wieder kann er die Welt nicht mehr verstehen und wieder kommt die Angst in ihm hoch, dass er vielleicht für immer in dieser verrückten Zeit bleiben muss. Er sackt förmlich in sich zusammen. Alle spüren seine Verzweiflung und schweigen.

Frau Meininger erhebt sich leise und geht ins Bad. Sie muss ihrem Gast etwas Gutes tun und beginnt mit den Vorbereitungen für ein angenehmes Bad. Sie dreht den Wasserhahn auf und gießt ein gutes Duft-Öl hinein, legt ein flauschiges Badetuch bereit und macht das Radio an, das für die morgendlichen Nachrichten auf dem Regal steht. Es ertönt leise Musik und sie hofft, dass alles für den Gast angenehm ist.

„Kommen Sie bitte mit mir!“ Dabei nimmt sie die Hand des jungen Julius Magnus und zieht ihn sanft aus seinem Stuhl. „Ich habe alles vorbereitet, Sie müssen nur noch in die Wanne steigen.“ Etwas verwirrt folgt er seiner Gastgeberin und bleibt verdutzt im Badezimmer stehen.

„Hier können Sie die Tür abschließen.“, sagt sie mütterlich und deutet auf den Schlüssel in der Tür. Danach zieht sie sich diskret zurück.

Eigentlich denkt der junge Mann nur noch an Flucht. Aber das Wasser sieht so erfrischend aus, dass er alle Zweifel über Bord wirft und genussvoll in die Wanne steigt.

„Träume ich oder ist das alles hier wirklich wahr? Man könnte meinen, ich wäre im Himmel!“

Er lauscht der Musik ohne Gesang, die ihn schläfrig macht. Doch auf einmal ist er wieder hellwach. Musik?

Aber wo kommt sie her, wer spielt hier? Er dreht seinen Kopf der Musik zu und sein Blick bleibt an einem kleinen Gerät hängen. „Kann es sein, dass diese lieblichen Klänge wirklich aus dem Kasten kommen?“, denkt er und erinnert sich an die beweglichen Bilder, die er bereits einmal im Wohnzimmer der Familie Meininger gesehen hat. Nein, er will jetzt diesen trübsinnigen Gedanken nicht nachgeben, er will einfach nur genießen. Und das tut er ausgiebig.

Als er alleine in seinem Zimmer ist, fällt ihm ein, dass er sich ja Aufzeichnungen machen will. Er setzt sich an den kleinen Tisch und nimmt den Zettel zur Hand, worauf bereits ein paar Notizen stehen.
In Gedanken lässt er den Tag noch einmal an sich vorüber ziehen.

Dabei denkt er an den Schreck, als er merkte, dass nicht ein Mann im Talar den Gottesdienst zelebrierte, sondern eine Frau. Einfach unvorstellbar!

Auch grübelt er darüber nach, wie locker man in der Familie über Schwangerschaft und Nacktheit gesprochen hat und ist überzeugt, dass die Kinder Schaden davon tragen und hofft, dass er das bei Gelegenheit dem Familienvater plausibel erklären kann. Schließlich ist er Pädagoge und hat das studiert.

Später hat ihm Herr Meininger im Internet (was immer das auch ist) gezeigt, wie Ultraschall vor sich geht. Noch nie zuvor hat er ein Kind im Mutterleib gesehen. Eins hatte sogar den Daumen im Mund. Einerseits ist er fasziniert aber gleichzeitig auch abgestoßen. Mit vor Schreck geweiteten Augen musste er hören, dass weltweit in jedem Jahr Millionen unerwünschter Kinder bereits im Mutterleib getötet werden.

Kann es wirklich sein, dass innerhalb von nur 150 Jahren solche Veränderungen in seinem beschaulichen Dörfchen vor sich gegangen sind? Gut sind sie wahrhaftig nicht alle und dabei stellt er sich vor allem die vielen getöteten Babys vor. Das ist ungeheuerlich!

Er schreibt noch vieles auf, was sein Kopf nicht fassen kann und das doch Realität zu sein scheint, falls er nicht am helllichten Tag träumt. Sollte er je wieder nach Hause kommen, will er von seinen Erlebnissen berichten. Aber ob ihm jemand Glauben schenken wird? *Er* hätte es ganz sicher nicht geglaubt, wenn man *ihm* das erzählt hätte. Das kann einfach nicht wahr sein, werden seine Kollegen, Freunde und die anderen Dorfbewohner sagen. Ob sie ihn verspotten?

Kapitel 11

• • •

Am nächsten Morgen kommt ihm nicht mehr alles so fremd vor. Mit ein paar Abläufen ist er vertraut.
Er hat gut geschlafen und nun lauscht er auf die ersten Geräusche im Haus. Seine Taschenuhr zeigt ihm, dass es erst 5 Uhr ist. Das ist die Zeit, wo er normalerweise aufstehen muss. Doch in dem noch stillen Haus weiß er nichts mit sich anzufangen. Darum setzt er sich erneut an den Tisch, um seine Aufzeichnungen zu vervollständigen. Immer wieder fällt ihm etwas ein, das er ergänzen muss, damit er sich später wirklich an jedes Detail erinnert.

Er ist so vertieft, dass er nicht gleich das Klopfen an der Tür hört. Hastig springt er auf und öffnet. „Oh!“ sagt die verdutzt blickende Frau Meininger, „Sie sind ja schon fix und fertig angezogen. Bitte entschuldigen Sie die Störung. Aber ich habe Licht gesehen und dachte, dass ich kurz hereinkommen kann. Ich möchte etwas mit Ihnen besprechen. Mein Mann muss nachher zur Arbeit. Er hat einen weiten Weg, muss täglich nach Frankfurt und zurück fahren. Ab Morgen hat er Urlaub. Zwar wollen wir nicht verreisen aber wir möchten viel unternehmen. Vielleicht werden wir einen Freizeitpark aufsuchen, das lieben die Kinder. Wenn das Wetter mitspielt, freuen wir uns darauf, möglichst oft ins Schwimmbad zu gehen.

Mein Mann und ich haben uns etwas ausgedacht. Wir machen uns jetzt so schnell wie möglich fertig und dann fahren wir gemeinsam nach Frankfurt. Thomas, also mein Mann, arbeitet heute den letzten Tag vor dem Urlaub im Büro und ich gehe mit Ihnen zusammen Kleidung kaufen.“

„Aber.....“

„Es gibt kein aber, wir frühstücken schnell und dann fahren wir los. Die Kinder wissen Bescheid, sie bleiben alleine zu Hause. Sie sind nicht böse darüber, einmal ohne die Bevormundung ihrer Mutter zu sein“, sagt sie lachend. „Seit heute sind Sommerferien. Wahrscheinlich werden sie erst mal bis zum Mittag schlafen und womöglich den ganzen Tag vor der Glotze sitzen.“

„Glotze?“

Dann geht alles so schnell, dass der Gast gar nicht zum Nachdenken kommt. Frau Meininger drückt ihm etwas Kleidung von ihrem Mann in die Hand, die er jedoch nur widerwillig anziehen will. Aber er sieht ein, dass er so weniger auffällt. Zu dritt gehen sie auf das Auto zu und was er jetzt sieht, lässt ihn erneut an seinem Verstand zweifeln. Frau Meininger setzt sich ans Steuer und bittet ihn, auf dem Beifahrersitz Platz zu nehmen.

„Mein Mann muss noch arbeiten und da ist er hinten ungestörter.“, sagt sie.

Er macht alles mechanisch und überlegt, dass er in seinem ganzen Leben noch nicht in Frankfurt war. So viel er weiß, ist es eine große Stadt und man hat schon viele schlimme Dinge gehört. Aber da muss er jetzt durch und so ein ganz kleines bisschen ist er auch neugierig, was ihn dort erwartet.

Zügig durchqueren sie Ulfa und schnell sind sie auf dem Weg in die große weite Welt. So empfindet es jedenfalls Herr von Froschhausen. Er ist ganz aufgeregt. Seine Gedanken gehen weit voraus, so dass er erst nach vielen Kilometern merkt, wie schnell Frau Meininger fährt. Angstvoll klammert er sich an dem Sitz fest und schließt die Augen. Die Straßen sind voll mit diesen Autos und alle haben eine unglaubliche Geschwindigkeit. Während er noch grübelt, biegt die Fahrerin ab und plötzlich erhöht sie die Geschwindigkeit erneut. Sie überholt ganze Häuser auf

Rädern, wie Herr von Froschhausen die Lastwagen in seinen Überlegungen nennt. Immer schneller bewegen sie sich fort. Er dreht kurz seinen Kopf nach hinten, doch nur, um festzustellen, dass Herr Meininger seelenruhig auf einem Brett herumklopft.

Plötzlich durchzuckt ihn ein Schreck. Frau Meininger drückt auf einen Knopf und es ertönt Musik. Eine Frau singt: *Atemlos durch die Nacht…*

„Wie geht das? Wie geht das? Wie geht das?"
So hämmert es in seinem Kopf und alles beginnt sich zu drehen. Gleich darauf ertönt die Stimme eines Mannes, der die neusten Nachrichten verkündet. Er erzählt von einer Frau Merkel, von Millionen von Flüchtlingen, von einem Überfall auf eine Sparkasse, von Überschwemmungen und irgendetwas von einem Präsidenten aus dem fernen Amerika. Er will sich ablenken und schaut aus dem Fenster. Doch im selben Moment wird ihm übel, weil die Landschaft an ihm vorbeirast. Frau Meininger spürt, dass etwas nicht stimmt mit ihrem Fahrgast und steuert den nächsten Rastplatz an. Als das Auto zum Stehen kommt, reißt Herr von Froschhausen die Tür auf und übergibt sich. Entsetzt schaut er auf den großen unappetitlichen Fleck, der vor seinen Füßen entstanden ist.

„So etwas ist mir ja noch nie passiert, ich schäme mich in Grund und Boden.", sagt er mehr zu sich selbst als zu dem daneben stehenden Ehepaar.

„Aber das macht doch nichts. Was glauben Sie, wie oft wir schon wegen unserer Kinder anhalten mussten, denen es früher, als sie noch kleiner waren, auch so erging.", sagt Frau Meininger. „Sie sind das Autofahren nicht gewöhnt, ihr Körper muss sich erst damit auseinandersetzen.

Kommen Sie, wir gehen in die Raststätte. Da trinken Sie etwas und bald wird es Ihnen wieder besser gehen. Mein

Mann arbeitet derweil im Auto weiter. Er hat Gleitzeit und muss zu keiner bestimmten Uhrzeit an seiner Arbeitsstelle sein."

Gerne hätte der junge Mann gefragt, was Gleitzeit ist aber noch ist es ihm zu übel und er hat Angst, dass er sich erneut übergeben muss.

Herr Meininger ist an seiner Arbeit und seine Frau hat sich des jungen Mannes angenommen. Das Auto steht in einem Parkhaus und sie steuern gezielt auf die Zeil zu, Frankfurts größte Einkaufsmeile. Immer mehr Fußgänger kommen ihnen entgegen. Menschen mit unterschiedlichen Hautfarben, junge Leute mit Piercings an den Lippen und manchmal auch mit bunten Haarfarben. Mädchen mit hohen Absätzen und kurzen Röckchen, Bettler und Musikanten. Ein buntes Bild für den, der damit vertraut ist. Ein Alptraum für jemand aus dem Jahr 1866.

Wie in Trance geht Julius von Froschhausen neben seiner Begleiterin her. Schweiß steht ihm auf der Stirn…

• • •

Familie Meininger ist wieder vereint. Es war für alle ein anstrengender Tag und jeder ist bestrebt, so früh wie möglich ins Bett zu gehen.

Vater Meininger, weil er einen harten Arbeitstag vor dem Urlaub hinter sich hat. Mutter Meininger, weil das Kaufen der Kleidung für den jungen Mann alles andere als einfach war und die Kinder waren müde vom Nichtstun. Müde vom Kinder-ohne-Eltern-Tag.

Herr von Froschhausen hat nur einen Wunsch. Er will so schnell wie möglich seine Gedanken zu Papier bringen. Was er heute alles gesehen und erlebt hat, ist so ungeheuerlich, dass er selbst in der Erinnerung noch zittert.

Kapitel 12

•••

Alleine beim Schreiben des Datums wird mir schwindlig. Welch eine Welt! Heute war ich mit meinen Gastgebern in Frankfurt. In meinen kühnsten Träumen hätte ich mir nicht vorstellen können, wie diese Stadt im Jahr 2016 aussieht.

150 Jahre trennen mich von meiner Zeit. Wo habe ich gelebt und wo lebe ich jetzt? Werde ich je wieder zurückgehen können und vor allem, kann ich mich dann überhaupt wieder an die einfache Lebensweise gewöhnen? Doch diese Gedanken sind müßig und sie bringen mich keinen Schritt weiter.

Wie fing der Tag an? Überrumpelt von dem Vorschlag nach Frankfurt zu fahren, begann das Abenteuer.

Dass es ein Fahrzeug gibt, das in dieser Geschwindigkeit über die Straßen braust, ist unfassbar.

Mir war so schlecht, dass ich erst nach langer Zeit fähig war, wieder in das Auto zu steigen, nachdem ich mich übergeben musste. Und dieses Auto wurde gesteuert von einer Frau! Wieso kann eine Frau das?

Noch in Gedanken daran schüttelt Herr von Froschhausen den Kopf und sagt laut:

„Eine Frau, das muss man sich einmal vorstellen, eine Frau!“

Überall in Frankfurt rasten Autos durch die Straßen. Straßenbahnen klingelten und ständig gingen Lampen an den Fahrbahnrändern an und aus. Mal waren sie gelb, mal grün und mal rot. Merkwürdig ist, dass es zu keinen Zusammenstößen kam. Plötzlich bremsten alle ab, andere fuhren, und wieder andere blieben ganz stehen. Hinzu kam die riesige Menschenmenge, die zu Fuß in all diesem Verkehr ihren Weg suchte.

Ich konnte nicht herausfinden, warum diese Menschen einmal über die Straße gingen und ein Andermal wieder nicht. Und das alles irgendwie auf Kommando, obwohl sie nicht miteinander sprachen. Der größte Teil der Leute hatte etwas in der Hand, auf das sie dauernd starrten, mit den Fingern darauf herumspielten oder sie hielten es sich ans Ohr. Wieder andere liefen neben mir her und redeten ständig, obwohl sie keinen Nebenmann hatten.

Wie ein staunendes, ängstliches Kind habe ich eine kleine Gruppe Männer angestarrt, die rabenschwarz waren. Noch nie im ganzen Leben habe ich Menschen mit schwarzer Hautfarbe gesehen. Ihre weißen Augen leuchteten wie die eines Geistes. Ich weiß zwar, dass im fernen Afrika dunkelhäutige Menschen leben aber wie kommen sie nach Frankfurt? Was tun sie hier?

Frau Meininger hat ihnen überhaupt keine Beachtung geschenkt. Ob das hier normal ist? Meine Augen nicht von diesen fremd aussehenden Menschen lassend, ging ich weiter. Dabei rempelte ich junge Leute an, die nicht sehr freundlich aussahen. „He, Alter!", rief einer und drohte mir mit der Faust.

„Kannst du nicht besser aufpassen? Wir sind hier nicht im Kindergarten!" Bevor ich einen Ton herausbrachte, hatte mich meine Begleiterin weggezogen und wir gingen in das erste Geschäft. Geschäft? Das war kein Geschäft, das war ein ganzes Dorf für sich. Ich konnte kein einziges Fenster entdecken aber überall waren Lampen angebracht und erhellten die Räume taghell. „Warum wollen die Leute ohne Fenster leben?"

„Wir müssen in den 1. Stock in die Herrenabteilung" sagte Frau Meininger zu mir und zog mich zu einer merkwürdigen Vorrichtung.

Es sah aus wie eine Treppe, bewegte sich aber ununterbrochen. Ich schaute einen Moment zu und sah, dass die Kunden einfach darauf losgingen und während der Fahrt aufstiegen. Gleichzeitig fuhren direkt daneben Leute von oben nach unten. „Na, so schwer kann das ja nicht sein", dachte ich und ging mutig auf die rollende Treppe zu. Doch bevor ich den ersten Schritt machen konnte, blieb ich abrupt stehen. Die Angst hatte mich übermannt. Da niemand der nachfolgenden Personen an so etwas gedacht hatte, bekam ich einen Stoß und fiel auf die Treppe. Frau Meininger konnte sich gerade noch an mir festhalten, sonst wäre sie ebenfalls gestürzt. Es ging alles so schnell, dass kurz danach 5 Leute liegend bzw. sitzend die Treppe nach oben fuhren. Da ich der erste war, purzelte ich oben von der Treppe und landete direkt vor den Füßen eines kleinen Jungen. Plötzlich lagen alle ebenfalls gestürzten Mitfahrer aufeinander, die jetzt auch ihre Stimme wiedergefunden hatten. Wild schrien sie durcheinander und alle beschimpften mich als Blödmann, Rindvieh und mit Worten, die ich hier nicht wiedergeben möchte. Einer sagte, ich wäre der letzte Mohikaner und ich solle zurückfahren in den Urwald. Zum Glück kamen Helfer, die uns die Hand reichten und den Menschen-Knäuel entwirrten. Ein Mann versuchte, die Aufgebrachten zur Ruhe zu bringen, was ihm auch mehr oder weniger gelang. „Bitte bedenken Sie, dass der Herr das nicht absichtlich gemacht hat!", sagte er und das leuchtete ein. Trotzdem bestand ein Mann darauf, dass er Schadensersatz haben wollte. Die Brille sei ihm bei dem Sturz kaputt gegangen und seine neue Krawatte hätte einen Riss. Ich habe keine Ahnung, wie Frau Meininger ihn besänftigt hat. Sie tauschte mit dem Herrn kleine Zettel aus und danach ging er seiner Wege. Alle anderen rappelten sich auf und zerstreuten sich. Mir standen die Tränen in den Augen. Frau Meininger war ganz verzweifelt. Sie hat sich mehrfach bei mir entschuldigt, weil sie mir nicht die Technik einer Rolltreppe erklärt hatte. Sie hatte nicht daran gedacht, dass ich das vorher ja noch nie gesehen haben konnte.

Als wir endlich in der Herren-Bekleidungs-Abteilung ankamen war ich so fertig, dass ich alles über mich ergehen ließ. Meine Begleiterin brachte mir kurze Hosen, lange Hosen, Hemden, Unterwäsche, Schuhe und eine Badehose. Aber auch sie probierte ich an und konnte mir nicht vorstellen, was ich mit diesem knappen Ding anfangen sollte.

Später hat es mir Frau Meininger erklärt aber ich glaube nicht, dass ich mich damit in der Öffentlichkeit sehen lassen kann. Ich würde mich in Grund und Boden schämen.

Das Risiko einer erneuten Kollision auf der Rolltreppe wollte meine Begleitung nicht eingehen. Darum suchten wir nach einem Fahrstuhl. So jedenfalls sagte sie es mir. Nun hatte ich in letzter Zeit ja schon viel Merkwürdiges gesehen und erlebt. In meinem Kopf kreisten die Gedanken und meine Vorstellungskraft setzte ein. Ein Fahrstuhl konnte darum nur bedeuten, dass ein Stuhl Rollen an den Beinen hat. Die Logik verschloss sich mir zwar auch diesmal wieder aber ich war gespannt.

Dann standen wir vor einer Tür. Neben uns waren noch mehr Leute. Eine Person drückte auf einen Knopf und wir warteten. Plötzlich öffnete sich, wie von Geisterhand, die Tür und alle gingen hinein. Ich wurde nach vorne gedrückt und ehe ich zum Nachdenken kam, schloss sich die Tür. Panik wurde in mir wach, mein Herz klopfte bis zum Hals. Plötzlich spürte ich einen sanften Ruck und das Gefährt fuhr nach oben. Genauso geisterhaft wie beim Einsteigen öffnete sich die Tür wieder und alle schoben sich hinaus. Ich war wie in Starre, konnte mich nicht bewegen. Frau Meininger war bereits nach draußen gegangen, als sich die Tür erneut verschloss und ich alleine nach oben befördert wurde. Ich konnte nur noch um Hilfe schreien und ließ mich in der Ecke auf den Boden nieder. Irgendwann öffnete sich die Tür wieder und es kamen Leute herein. Man beachtete mich gar nicht und rempelte mich dabei an. Ein Mann schaute verächtlich zu mir hin und tippte sich an die Stirn. Ich hielt mir die Hände über die Ohren und rief noch einmal um Hilfe. Eine Frau mit einem kleinen Jungen an der Hand war die einzige, deren Gesichtsausdruck Mitleid mit mir, dem geplagten jungen Mann, zeigte. Als sich die Tür öffnete, kam sie zu mir und reichte mir die Hand. „Kommen Sie, ich helfe Ihnen. Sie müssen keine Angst haben."

Vor der Tür wartete eine verzweifelte Frau Meininger, die mich erleichtert wieder in Empfang nahm. Ihr war bewusst, dass sie mir keine weiteren Aufregungen mehr zumuten konnte.

„Ich rufe jetzt meinen Mann an und frage ihn, wie lange er noch an seiner Arbeit sein muss. Ich will so schnell wie möglich wieder nach Hause."

Sie sprach mir aus der Seele.

Der Heimweg verlief schweigend. Diesmal fuhr Herr Meininger und ich stellte erstaunt fest, dass er es nicht besser machte, als seine Frau.

Erst auf der Heimfahrt wurde mir bewusst, dass es in dem Auto viel kühler war als draußen. Innen konnte man die Temperatur von draußen feststellen. Ja, auch das gibt es 2016! Es war unglaubliche 31° warm und im Auto selbst zeigte das Thermometer 22° an. Doch halt! War es nicht auch in dem riesigen Kaufhaus angenehm kühl gewesen? Erst jetzt erinnere ich mich daran.

Eher hätte ich mir vorstellen können, dass dem alten „Müller" der Schnaps ausgeht, als die Tatsache, wie sich unsere Welt in nur 150 Jahren verändert hatte.

Ach, etwas ganz Wichtiges habe ich noch vergessen. Der Turmbau zu Babel ist zurückgekommen. Ein großer Teil der Stadt Frankfurt hat riesige Häuser, die bis in die Wolken reichen. Ich frage mich allerdings, wie die Menschen da hinauf und wieder herunter kommen. Was ist, wenn die Kinder in die Schule oder Säuglinge getragen werden müssen? Oder sollte das mit diesen merkwürdigen Fahrstühlen zusammenhängen, deren Bekanntschaft ich heute unfreiwillig machen musste?

Derweil liegt das Ehepaar im Bett und redet noch lange über die Situation ihres Gastes. Ihnen ist bewusst, dass er nicht für immer bei ihnen bleiben kann. Aber sie wissen auch keinen Rat, wie man ihm helfen kann. Dass er die Wahrheit gesagt hat, steht außer Frage. Sie glauben ihm, auch wenn sich das Gehirn dagegen sträubt.

„Du, mir fällt etwas ein“, sagt Thomas Meininger zu seiner Frau. „Wir haben doch das „Ortsfamilienbuch für Ulfa und Stornfels. Ich stehe auf und hole es.“

Kurz darauf ist er zurück und hält den dicken Wälzer in der Hand, der Aufschluss gibt über Namen und Familien von 1636 bis 1950. Es dauert nicht lange und er hat den Namen Julius Magnus von Froschhausen gefunden. Dort steht geschrieben, dass er am 24. Juli 1841 in Ulfa geboren wurde. Danach klappt er die Seite sofort zu. Unsicher schaut Herr Meininger seine Frau an und fragt:

„Was meinst du, sollen wir überhaupt nachsehen, wann der junge Mann gestorben ist? Denn eins ist sicher, er selbst darf davon nie etwas erfahren. Es ist ein merkwürdiger Gedanke, dass ein Mensch lebend vor einem steht, der schon so lange tot ist.“

Beide sind in Gedanken versunken als sie gleichzeitig zu sprechen anfangen. Und wie aus einem Mund kommt der Tenor: „Nein, wir schauen nicht nach!“

Sie wollen ihrem Gast unbefangen gegenübertreten und ihm so lange es möglich ist, Gutes zu tun.

„In den nächsten Tagen werden wir mal unauffällig zur Mause Hilde gehen“, sagt Frau Meininger. „Du erinnerst dich doch daran, dass bei ihr ein Foto hängt, das evtl. Herrn von Froschhausen zeigt.“ Mit diesem Vorsatz beenden sie das Gespräch.

Kapitel 13

• • •

Es klopft zaghaft an die Tür des Gästezimmers.

„Herr von Froschhausen, geht es Ihnen gut?“

Drinnen gibt es einen Schlag und kurz darauf wird die Tür geöffnet. Im Türrahmen steht ein völlig verdatterter junger Mann, der mit hochrotem Kopf und wirrem Haar nach einer Entschuldigung sucht, denn so lange hat er noch nie geschlafen. Das ist ihm außerordentlich peinlich.

„Es ist mir unbegreiflich, dass ich nicht eher aufgewacht bin. Sonst bin ich der erste im Haus, der aufsteht. Meine Mutter hat immer gesagt: *Morgenstund hat Gold im Mund.* Oder: *Der frühe Vogel fängt den Wurm.* Oder auch, dass nur faule Menschen lange im Bett bleiben, anstatt zu arbeiten. Es muss wohl an der herrlich weichen Matratze liegen, auf der ich mich so wohl fühle. Vor lauter Schreck, als Sie an die Tür geklopft haben, bin ich aus dem Bett gefallen. Ich hoffe, Sie können mir verzeihen.“

„Machen Sie sich bitte darüber keine Gedanken“ erwidert Frau Meininger. „Die Familie wollte nur sichergehen, dass alles in Ordnung ist. Machen Sie sich frisch und danach frühstücken wir. Später fahren wir in den Supermarkt zum Einkaufen. Wir sind sicher, dass Sie das interessieren wird und Sie wieder viel Neues kennenlernen.“

Nachdenklich geht Herr von Froschhausen in sein Zimmer zurück. Obwohl er schon ein paar Tage im Haus Meininger ist, hat er immer noch keine Dienstboten in dem doch recht großen Haus gesehen. Er beschließt, bei Gelegenheit einfach einmal nachzufragen.

Nach dem Frühstück wird er vom Hausherrn angesprochen. „Eigentlich wollten wir gleich zum Einkaufen aufbrechen aber ich muss unerwartet noch mit meiner Firma telefonieren. Wir haben eine Telefonkonferenz, die länger dauern könnte. Machen Sie es sich doch bequem. Sie können auch raus gehen und sich ein bisschen umsehen."

„Ich habe eine Idee!", ruft Florian von nebenan, der das Gespräch gehört hat. „Möchten Sie mit mir hinausgehen? Ich zeige Ihnen mein neues Fahrrad und wenn Sie wollen, dürfen Sie auch mal damit fahren."

„Ja gerne." antwortet der Angesprochene, obwohl er den Sinn des Gesagten nicht wirklich versteht. Aber er freut sich über Abwechslung, denn er ist noch ein junger Mann mit Neugierde auf Neues.

Gemeinsam gehen sie in den Keller und holen Florians Gefährt heraus. Stolz präsentiert der 12-Jährige das Rad und erklärt seine Funktionen. Er erzählt was von 10-Gang-Schaltung, verstellbarem Sitz und verstellbarem Lenker sowie von einem unsichtbaren Code, der das Wiederbeschaffen im Falle eines Diebstahls erleichtern soll.

„Möchten Sie mal fahren?", fragt er gedankenlos den Mann aus der Vergangenheit.

„Ich, also ich, also…ich kann doch gar nicht mit diesem Ding fahren!"

„Oh, Mann, daran habe ich mal wieder nicht gedacht. Bitte entschuldigen Sie! Wissen Sie was? Das ändern wir sofort. Wir gehen gemeinsam ein Stück zu einem Feldweg. Dort ist ein Maisfeld. Es ist zwar noch nicht sehr hoch aber doch hoch genug, um Ihnen das Anhalten zu erleichtern, falls Sie damit noch Probleme haben sollten. Ich steige jetzt auf und erkläre Ihnen dabei Einzelheiten. Vor allem müssen

Sie wissen, wie man bremst, denn meine Karre hier kann ganz schön schnell sein."

Was ein Maisfeld mit einem Fahrrad zu tun haben soll, kann Herr von Froschhausen nicht nachvollziehen. Als er sieht, welche Kunststücke Florian auf dem Fahrrad vorführt, klopft ihm sein Herz. Zum einen ist ihm bange aber er spürt auch ein Kribbeln der Vorfreude in sich. Wird es ihm wirklich gelingen, ebenfalls auf dem Rad sitzen zu bleiben, ohne umzufallen? Was für eine grandiose Erfindung!

Wieder ist es Abend und wieder greift Herr von Froschhausen zu Papier und Kugelschreiber, an dessen Funktion er sich gut gewöhnt hat. Schon beim Abendessen konnte er kaum noch stillsitzen, so sehr hat es ihm unter den Nägeln gebrannt, das heute Erlebte aufzuschreiben. Es war ein unbeschreiblich aufregender Tag.

„Ich kann Fahrrad fahren! Nie im Leben hätte ich geglaubt, dass mir das gelingen würde. Florian hat nicht locker gelassen und mir die Angst genommen. Wenn ein 12-Jähriger das kann, muss ich das doch auch hinbekommen.", war meine Devise.

Zuerst hat er selbst etliche Runden gedreht und mir vor allem die Bremsen erklärt. Am Straßenrand lagen Holzstämme. Sie dienten mir als Aufsteighilfe, während Florian das Fahrrad festhielt. Er hatte mir den Sattel etwas nach unten verstellt, damit meine Füße auch den Boden berühren konnten. Das gab mir Sicherheit, so dass ich ganz langsam ein Stück „laufend" fuhr. Dabei übte ich, die Bremse richtig zu bedienen. Hin und wieder traute ich mich, einen Fuß auf das Pedal zu setzen. Florian feuerte mich an. Einmal rief er:

„Froschi, du kannst das, trau dich was!"

In meinem alten Leben wäre ich vom Rad gesprungen und hätte ihn verprügelt. Von all dem verspürte ich nichts, sondern musste sogar lachen. Es machte so viel Spaß, sich wieder jung und unbeschwert zu fühlen. Als Lehrer hat man immer nur Vorbild und gesittet zu sein. Das war nicht immer leicht umzusetzen und ich gewöhnte mir ein aufgesetztes „Strengsein" an.

„Froschi" hat der Lausbub mich genannt. So etwas muss man sich einmal vorstellen aber ich musste trotzdem lachen.

Ja, ich habe mich getraut und tatsächlich beide Füße auf die Pedalen gestellt. Es war ein tolles Gefühl, auch wenn ich Schlangenlinien fuhr. Plötzlich durchzuckte mich ein Schreck und ich schrie: „Hilfe, wie kann ich wieder absteigen?"

Florian schrie mir hinterher: „Bremsen Sie vorsichtig und steuern Sie auf das Maisfeld zu. Dort können Sie sich einfach fallen lassen."

Da lag ich dann und streckte alle viere von mir. Florian kam gerannt und fragte, ob ich in Ordnung sei. Vorsichtig bewegte ich meine Glieder und stellte fest, dass nichts gebrochen war. Lediglich das Schienbein hatte eine blutende Schramme abbekommen. Es tat weh aber ich war noch nie so glücklich, wie in dieser unstabilen Lage.

Danach war ich nicht mehr zu halten. Schon bald gelang mir das Auf- und Absteigen auch ohne Hilfestellungen.

Das war gut so, denn der Landwirt hat sich sicher nicht über die umgefahrenen Maisstängel gefreut.

Ich war ganz aufgelöst. Meine Haare standen wirr vom Kopf, meine Fingernägel hatten schwarze Ränder, meine Hose hatte grüne Flecken und ich hatte hochrote Wangen. Bewegt habe ich Florian die Hände gedrückt und mich bei ihm bedankt.

„Weißt du was?", habe ich zu ihm gesagt. „Du kannst mich gerne weiterhin „Froschi" nennen, wenn du magst. Wir beide sind jetzt Freunde und Freunde duzen sich."

Ganz aufgeregt sind wir im Haus der Familie Meininger angekommen und alle haben sich mitgefreut, als wir ihnen freudestrahlend von unserer Aktion erzählten.

Nachdem mich Frau Meininger verarztet und ich mich vom Schmutz gereinigt hatte, startete ich mit dem Ehepaar zum Großeinkauf. Was ist ein Großeinkauf, fragte ich mich. In „meinem" Ulfa ging man zum Krämer in der Nachbarschaft und holte das, was man selbst nicht anbaute oder herstellen konnte. Meistens beschränkte sich das auf Zucker oder Salz. Ich ließ mich überraschen. Aber als wir dann nach kurzer Fahrt das Geschäft betraten, verschlug es mir den Atem.
Frau Meininger hatte sich einen Einkaufwagen genommen und bevor ich weiter nachdenken konnte, für was man so einen großen Wagen benötigt, standen wir auch schon vor der gläsernen Tür, die sich – oh Wunder – von alleine lautlos öffnete. Genauso geräuschlos schloss sie sich wieder hinter uns.

Zuerst steuerten wir auf Obst und Gemüse zu. Da lagen Früchte, die ich noch nie in meinem Leben gesehen hatte. Apfelsinen, Mango, Kiwi, Bananen und Sharon-Frucht stand auf den Schildern zu lesen, wie man mir erklärte. Aber was mich am meisten verwunderte war die Tatsache, dass Frau Meininger einfach nahm, was sie haben wollte. Niemand war da, der sie bediente.

„Was möchten Sie denn mal probieren?", fragte sie mich und deutete auf die riesige Auswahl. Ich konnte nur mit den Achseln zucken und sie hilflos anschauen. „Bitte übernehmen Sie das, ich habe doch keine Ahnung."

Alles das, was unsere Hausfrauen mühsam einkochen müssen, stand fix und fertig in den Regalen. Gurken, Rotkraut, Pflaumen, Pfirsiche und Ananas, was immer letzteres auch sein mag.
Der Wagen vom Ehepaar Meininger füllte sich zusehends mit köstlichen Dingen.

Dabei waren aber auch mehrere Packungen Toilettenpapier, was mir mittlerweile ja nicht mehr fremd war. Wurst und Fleisch konnte an der Theke gekauft oder bereits verpackt aus einem gekühlten Regal genommen werden. Ebenso Käse. Es gab ihn in großer Fülle lose oder abgepackt in unendlich vielen Variationen und Größen. Vollständig gebackene Torten lagen sichtbar in den kalten Schränken. Daneben fertig ausgenommene Hühner, Fische und vieles mehr an Fleisch und ich fragte mich, wie die Frau am Ausgang diese große Menge zusammenrechnen könne. Das muss doch ewig dauern, dachte ich. Und woher kennt sie die Preise? Auf den meisten Produkten konnte man sie nicht sehen. Umso erstaunter war ich, was dann an der Kasse geschah. Die Kassiererin nahm jeden Artikel und legte ihn anschließend gleich wieder hin. Ein ständiges Piepsen verwirrte mich. Frau Meininger packte die Sachen sofort in den Wagen und kurz darauf verkündete die Dame an der Kasse den Betrag: „97 Euro und 50 Cent!" Das war eine Summe, die bei uns im Dorf wohl niemand hätte aufbringen können.

Im Jahr 2016 bezahlt man scheinbar nicht mit Geld. Frau Meininger steckte eine Karte in ein Gerät, tippte irgendwas hinein und alles ging ruckzuck. Die vielen Waren passten kaum ins Auto.

Mittlerweile tut „Froschi" die Hand weh aber er ist auch fast am Ende seines Berichtes für diesen Tag angekommen. Eine Begebenheit will er unbedingt noch aufschreiben. In Erinnerung daran muss er erneut schmunzeln.

Immer wieder stelle ich fest, dass ich nichts weiß und ich mich von einem Kind aufklären lassen muss. Wenn das meine Schüler sehen und hören könnten, wäre es mit ihrem Respekt vorbei.

Gestern habe ich mir ein Herz gefasst und meinen kleinen Freund Florian mal ´so hinten herum` gefragt, warum es in dem Haus keinen Herd mit Feuer gibt. Bis dahin habe ich herumgerätselt, wo und wie das Essen gekocht wird. Auch habe ich darüber nachgedacht, wie man im Winter die Wohnung heizen kann. Woher kommt das warme Wasser aus dem Wasserhahn, wo wird es erwärmt?

„Ach, Froschi, das ist doch ganz einfach.", sagte Florian und führte mich an der Hand in die Küche. „Das macht alles der Strom. Mit ihm wird gekocht, er macht das Wasser warm und sorgt dafür, dass

wir Licht haben. Ohne Strom könnten wir kein Radio hören und auch nicht fernsehen. Es würden keine Fahrstühle fahren, kein einziges Küchengerät gäbe einen Ton von sich und vor allem könnte niemand einen Computer bedienen."

„Dieser Strom scheint ja ein unentbehrlicher Mann zu sein. Wo wohnt er, ich habe ihn hier noch nie gesehen?, erwiderte ich seine Erklärungen.

„Wie? Was meinst du, Froschi?"

„Na, das muss ein vielbeschäftigter Herr sein, wenn er in sämtlichen Häusern für all die verschiedenen Arbeiten zuständig ist.

„Von welchem Mann sprichst du?"

„Na, von dem Herrn Strom!"

„Ich lach mich kaputt", rief Florian, als er meine Gedankengänge endlich begriffen hatte und schlug sich auf die Oberschenkel.

„Was gibt es denn da zu lachen?"

„Du raffst aber auch gar nichts, du Hinterwäldler!"

„He, sei nicht so frech, sonst hole ich meinen Rohrstock aus dem Schrank", drohte ich ihm. Dabei musste ich aber lachen, denn mit dem Umgangston von Florian hatte ich mich mittlerweile arrangiert.

„Also, das mit dem Strom ist so: Er kommt aus der Steckdose aber nicht einfach so. Man muss ihn anzapfen mit einem Kabel. Der Küchenherd holt ihn sich von alleine, die Heizung natürlich auch. Wenn man den Stecker nicht in die Steckdose steckt, kann man nicht fernsehen. Manchmal gibt es aber auch Batterien und an den Fahrrädern sind Dynamos angebracht, damit man auch bei Dunkelheit fahren kann."

Erst nach einer Weile schien Florian begriffen zu haben, dass ich nichts, aber auch gar nichts verstanden hatte.

„Ähh, also, also ich denke, ich werde Papa bitten, dir die Sache mit dem Strom zu erklären. Er kann es dir auch im Internet zeigen.", und dann ist er mit großen Sprüngen aus dem Zimmer gelaufen.

Kapitel 14

• • •

Es ist schönes Wetter und man beschließt den Tag in einem Schwimmbad zu genießen. Nach dem Frühstück wird gepackt.

„Herr von Froschhausen, denken Sie an ihre Badehose, die werden sie heute brauchen.“, ruft Frau Meininger.

Gehorsam tut er das, obwohl er sich nicht vorstellen kann, was er mit diesem Teil in einem Schwimmbad anfangen soll. Die Badewanne seiner Gastgeber kennt er ja bereits. Aber dort hat er noch nie eine Hose angehabt. Unter dem Wort Schwimmbad kann er sich überhaupt nichts vorstellen. Umso erstaunter ist er, als sie das Bad betreten. Mitten in einer grünen Wiese sieht er große Teiche, in denen sich Menschen tummeln. Aber was ihm den Atem verschlägt, sind die vielen fast nackten Leute. Eltern, Kinder und sogar sehr alte Personen liegen in Liegestühlen, auf Handtüchern oder tummeln sich ungeniert im Wasser. Die Männer haben nur eine ganz knappe und sehr kurze Hose an und die Frauen sehen aus wie die, die er in der Zeitschrift entdeckt hatte. Noch nie zuvor hat er eine Frau so obszön herumlaufen sehen. Beschämt lenkt er seinen Blick in eine andere Richtung. Aber nur kurz, dann wird er wieder magisch angezogen von dem ungewohnten Anblick. Alle Schwimmbadbesucher scheinen fröhlich zu sein, sie schämen sich nicht und ein paar Frauen sieht er auf einem Handtuch auf dem Bauch liegen. Ihnen fehlt sogar das Oberteil. Er fragt sich, was die Kirche dazu sagt. Dagegen scheinen Sodom und Gomorra Waisenkinder gewesen zu sein. Was soll er tun? Kann er sich weigern eine solche Hose anzuziehen? Aber schnell sieht er ein, dass er dabei die Familie vor den Kopf stoßen würde. Ohne ihre Hilfe wäre er untergegangen und er will alles versuchen, ihr zu gefallen. Also geht er brav in die Kabine, um sich seiner Kleider zu entledigen. Herr Meininger hat ihm dazu ein paar Erklärungen gegeben und er hofft, alles richtig zu machen.

Der junge Lehrer hat sich nach der Rückkehr der Familie am Nachmittag mit seinen Aufzeichnungen in den Garten verkrochen. Er ist wohlig müde von all dem Erlebten, der frischen Luft und dem Wasser. Trotzdem ist es ihm wichtig, seine Erinnerungen sogleich zu Papier zu bringen. Nichts von allem will er vergessen. Obwohl er noch nicht weiß, ob er das Geschriebene überhaupt jemals jemand zeigen kann. Alles fließt nur so aus ihm heraus.
Noch in Gedanken errötet er, wenn er sich die fast nackten Mädchen und Frauen vor Augen führt. Jessi hat dabei den Vogel abgeschossen, erinnert er sich. Sie hatte ein ganz, ganz knappes Oberteil an und die Hose verschwand zwischen ihren Pobacken. Frau Meininger trug einen Badeanzug, wie sie ihm das merkwürdige Kleidungsstück benannte.

Ganz vorsichtig verließ ich die Umkleidekabine. Nach allen Seiten schaute ich mich um und fragte mich, wie ich es wohl über mich bringen und unter die Leute gehen könnte. Scheinbar hatte Florian schon auf mich gewartet. Ohne auf meine Einwände zu achten, nahm er mich bei der Hand und führte mich zum Wasser.

„Mensch Froschi, sei kein Frosch und springe hinein in das kühle Nass" sagte er zu mir. Im gleichen Moment fiel ihm seine Wortwahl auf und er musste unbändig lachen. Selbst ich stimmte in das Lachen mit ein und spürte eine nie gekannte Lebensfreude.

Sofort entzog ich ihm meine Hand. Stutzig geworden sah Florian mir in die Augen und konnte wohl sofort die Angst darin lesen. „Sag bloß, du kannst nicht schwimmen?" Zaghaft nickte ich und schämte mich etwas. Ja, wo und wie hätte ich denn schwimmen lernen können? Manche Kinder sprangen hin und wieder in die Ulfa und wie ich hörte, haben sie dabei auch das Schwimmen erlernt. Aber meine Mutter hätte das nie erlaubt. So blieb mir dieser Spaß verwehrt, von dem die anderen Jungs immer begeistert erzählten.

„Ja, was machen wir denn da?", fragte mich mit gerunzelter Stirn Florian.

„He, du hast Fahrrad fahren gelernt, da schaffst du auch das Schwimmen. Weißt du was, ich gehe zum Bademeister. Vielleicht gibt er mir zwei Schwimmnudeln oder ein Brett, wenn ich ihm die Situation erkläre."

Ich wusste nicht, ob ich mich freuen oder ärgern sollte. Also beschloss ich, mich einfach zu freuen, auch wenn ich mir fast in die neue Badehose machte. Irgendwie glaubte ich, dass das Wasser so warm wäre wie in der Meininger Badewanne und ging zielstrebig hinein. Vor Schreck zog ich den Bauch ein und stellte mich ohne darüber nachzudenken auf die Zehenspitzen, als ich die Kühle des Wassers spürte. Doch zum Nachdenken kam ich nicht, denn Florian, der bereits vor mir im Becken war, spritzte mich nass.

„Lass das, ich erfriere!", rief ich ihm zu und spürte am ganzen Körper Gänsehaut. Aber der Bengel nahm darauf keine Rücksicht und ehe ich es begreifen konnte, zog er mich hinunter.

Einmal im Wasser gelandet, empfand ich es gar nicht mehr so kalt. Im Gegenteil, es erfrischte. Mein Schwimmlehrer Florian kannte keine Gnade und begann sofort mit den Übungen. Die Angst in mir war jedoch so groß, dass ich mich an ihn klammerte und ihn nicht mehr loslassen wollte. Mittlerweile waren ein paar Kinder auf uns aufmerksam geworden und grinsten über das ganze Gesicht. Ein kleines Mädchen sagte zu seiner Mutter. „Guck mal, Mama, der komische Mann ist schon erwachsen und kann immer noch nicht schwimmen." Diese Worte trafen mich hart, spornten mich aber gleichzeitig auch an. Ich konzentrierte mich und hörte auf das, was mein junger Freund mir sagte und vormachte. Es war fürchterlich und herrlich zugleich. Richtig schwimmen kann ich noch nicht aber ich bin auf dem besten Weg dahin, lobte mich Florian.

Als ich mich später auf der Wiese in mein Badetuch kuschelte, war ich rundum glücklich und die vielen Nackten um mich herum störten mich eigentlich gar nicht mehr. Wenn ich das meiner Wirtin, Frau Hinkel, erzähle, fällt sie glatt vom Hocker (eine Aussage von Jessi) und bezichtigt mich der Lüge. Ich kann es ja selbst nicht glauben, was ich hier jeden Tag sehe und erlebe.

Etwas habe ich noch vergessen aufzuschreiben. Ich bekomme es in meinem Kopf nicht zusammen, dass es Männer gibt, die einen Kinderwagen schieben und ihren Babys die Windel wechseln. Kein Mann der Welt würde so etwas jemals bei uns tun. Das ist Frauensache!

Und noch was….ein paar der Frauen im Schwimmbad waren sichtlich schwanger. Anstatt sich züchtig zu verhüllen, haben sie ihren Bauch voll zur Schau gestellt.

Eine Frau hat öffentlich ihr Baby gestillt. So etwas ist einfach skandalös! Aber auch daran hat sich niemand gestört. Im Gegenteil, es kamen Kinder, die den Bauch der Schwangeren gestreichelt und einmal auch ihr Ohr daran gehalten haben. Wie hatte Florian zu ihm gesagt? Die heutigen Kinder wissen nicht nur WIE die Kinder in den Bauch der Mutter kommen, sondern auch wie man eine Schwangerschaft verhindert. Mir hat noch nie jemand gesagt, wie man eine Schwangerschaft verhindert. In meinem Ulfa gab es viele Kinder. Die meisten Familien hatten sieben und mehr davon.

Plötzlich fällt ihm Margarethe ein. Es ist das Mädchen, das er heimlich bewundert. In sie hat er sich verliebt. In der heutigen Zeit, in der er sich notgedrungen befindet, hat ein junger Mann damit kein Problem. Er hat sogar herausgefunden, dass die Mädchen sich selbst einen Freund aussuchen, wenn er ihnen gefällt. Im Schwimmbad sah er, wie sich Pärchen öffentlich küssten und eng umschlungen auf der Decke lagen. Dabei waren sie noch nicht einmal verheiratet, wie mir Jessi sagte. Doch was dem Fass den Boden auszuschlagen drohte, waren zwei Männer, die Händchen haltend nebeneinander hergingen und sich verliebt anschauten. Nein, das war nicht seine Welt und er würde alles tun, um wieder zurückkehren zu können. Er hatte jedoch keine Ahnung, wie das vor sich gehen sollte. Auch war er Realist genug, um sich vorzustellen, dass er Familie Meininger nicht ewig auf der Tasche liegen konnte. Doch wie sollte er in dieser Welt, die ihm so fremd war, zurechtkommen, falls eine Rückkehr unmöglich wäre? Dazu noch ohne Ausweispapiere. Was würde die Behörde sagen, wenn er ihnen seine Geschichte erzählen müsste? Nicht auszudenken, was daraus entstünde.

Erschöpft legt er sich ins Bett und ist in wenigen Sekunden eingeschlafen.

Kapitel 15

• • •

Am nächsten Morgen steht Herr von Froschhausen früh auf. Er fühlt sich ausgeruht und freut sich schon auf diesen Tag. Seine trüben Gedanken sind wie weggeblasen und seine Jugend kommt zu Tage. Jugend, die viel Tatendrang hat und glaubt, die Welt aus den Angeln heben zu können. Bisher war ihm das verwehrt gewesen. In seinem Ulfa hatten nur die Alten das Sagen und niemand hätte dagegen protestiert. Im Jahr 2016 sind Junge und Alte sozusagen gleichberechtigt. Kinder werden respektiert und liebevoll großgezogen. So langsam begreift er, wie wertvoll das ist. Er hofft, dass er dieses Wissen einmal in seiner Welt umsetzen kann. Aber werden die anderen mitziehen? Sie sind der Meinung, dass Kinder nichts zu sagen und immer zu gehorchen haben.

Aber nein, diesen doch etwas schwermütigen Gedanken will er jetzt nicht nachgeben und freut sich darauf, noch vieles lernen zu können. Florian will nachher mit ihm Fahrrad fahren, damit er es nicht verlernt. Er will ihm sein Rad ausleihen und darf dafür das Mountainbike seines Vaters haben. Damit kann der Gast noch nicht umgehen.

Besser als gedacht, kommen die beiden voran. Immer sicherer fühlt sich Herr von Froschhausen und er genießt es sichtlich, das Fahren im Sommerwind.

Plötzlich bremst Florian abrupt. Er bleibt stehen und ruft einem Jungen in seinem Alter zu:

„He, Jonas, warte doch mal kurz. Ich habe gehört, dass ihr in den Sommerferien eine Reise nach Südamerika macht. Stimmt das?"

„Ja, am kommenden Montag geht es los. Wir fliegen nach

Miami und von dort geht es direkt nach Brasilien."
„Hast du das gehört, Froschi? Jonas fliegt mit seiner Familie nach Amerika. Oh Mann, wie ich ihn beneide."
„Schick mir eine Postkarte, das wäre super."
„Mal sehen, ob ich dafür Zeit finde. Meine Eltern haben ein straffes Programm ausgewählt. Aber du bekommst hin und wieder Fotos per WhatsApp."
„Oh, danke, das ist natürlich cool."

Als Jonas weg ist, fragt Froschi seinen Freund Florian.
„Ich habe nicht alles verstehen können. Ihr habt etwas von fliegen gesagt. Fliegen können doch nur Vögel, was geht hier vor sich?"
„Ach, Froschi, du kapierst aber auch gar nichts. Die Familie steigt in ein Flugzeug und fliegt nach Amerika. Sogar bis nach Südamerika, das ist noch viel weiter.
Papa hat vor, in unserem Urlaub auch dem Frankfurter Flughafen mal wieder einen Besuch abzustatten. Da werden wir dir alles erklären und du kannst mit eigenen Augen sehen, was ich meine. Ich bin schon oft geflogen. Es ist schön, aus 10.000 Metern Höhe die Erde zu betrachten. Manchmal kann man auch nichts sehen, weil sich das Flugzeug über den Wolken befindet. Man glaubt, gleich auf Watte zu landen. Und dann scheint immer die Sonne, auch wenn es unten regnet."
„Sag mal, du treibst doch deinen Schabernack mit mir", erwidert Herr von Froschhausen auf die Erklärungen von Florian.
„Hä, was treibe ich mit dir? Oder meinst du etwa, dass ich dich verarschen will?"
Jetzt ist es an Herrn von Froschhausen erneut etwas nicht zu verstehen.
„Also!", sagt Florian mit erhobenem Zeigefinger. „Du

kannst mir glauben, dass die Menschheit tatsächlich fliegen kann. Natürlich kann ein Mensch nicht von alleine fliegen. Aber es wurden Maschinen erfunden, mit denen man in alle Teile der Welt in kurzer Zeit reisen kann. Verstanden?
Ach, noch was. Ich weiß nicht, ob das in deinen Kopf reinpasst, aber es waren schon Menschen auf dem Mond. Wenn du willst, kann ich dir das mal im Internet zeigen."

Abrupt wechselt Florian das Thema.

„Ich habe mein Handy dabei und werde dich jetzt beim Radfahren filmen. Geh bitte vorne bis zur Straßenkreuzung und fahre langsam auf mich zu."
Julius von Froschhausen kapiert zwar nichts, gehorcht aber den Anweisungen seines kleinen Freundes.

„Übrigens habe ich dich gestern beim Radfahren lernen bereits fotografiert. Heute Abend werden wir uns die Bilder und den Film gemeinsam anschauen. Jessi und meine Eltern wollen das sicher auch gerne sehen. Ich denke, da werden wir alle unsere Freude haben."

Obwohl der Angesprochene auch diesmal nichts versteht, nickt er dazu. Er steigt aufs Rad und fährt, mittlerweile schon recht sicher, davon.

„Mann, was ist denn mit dir los?" ruft ihm Florian hinterher und steigt ebenfalls auf.

Wohlweislich hat der Junge Wasser und zwei Plastikbecher mitgenommen. Weiß er doch, wie durstig man in der frischen Luft bei sportlicher Betätigung wird. Nachdem sie Ulfa verlassen haben und in Richtung Stornfels unterwegs sind, bleibt er stehen und ruft seinem Mitfahrer zu:

„He, bleib mal stehen, wir müssen was trinken. Außerdem habe ich ein paar Kaugummis einstecken, die sind lecker." Dabei reicht er ein Päckchen weiter.

„Ach ja, nicht dass ich es vergesse. Kaugummi sollte man nicht hinunterschlucken, sondern einfach nur kauen.“

„Wie? Man steckt etwas in den Mund, kaut es, darf es aber nicht essen? Wieso?“

„Kau einfach, dann wirst du es schon merken.“ Und wenn du den Kaugummi nicht mehr magst, dann wickele ihn wieder in das Papier ein. Wir entsorgen ihn dann später daheim.“

„Du meine Güte, was ist nun schon wieder „entsorgen?“

„Los weiter, das erkläre ich dir später.“, ruft Florian und ist bereits weitergefahren.

• • •

„Jessi, das musst du dir ansehen!“, ruft Florian seiner Schwester zu. Dabei deutet er auf ein Blatt, das auf dem Flur liegt. Jessi hebt es hoch und schaut verwundert auf das, was da geschrieben steht. Die Zeilen nicht aus den Augen lassend, gehen die Geschwister zum Essplatz und legen den Zettel vor sich auf den Tisch.

„Kannst du das etwa lesen?“, fragt Florian und schaut fragend nach Jessi.

„Wieso ich? Ich habe keine Ahnung was da steht.“

Während die Geschwister noch daran herumrätseln, kommt Herr von Froschhausen zu ihnen. Er sieht das beschriebene Blatt und fragt ärgerlich: „Wie kommt ihr dazu in meinen Sachen zu wühlen, das geht euch gar nichts an.“ Dabei reißt er den beiden die beschriebene Seite aus den Händen.

„He, was soll das?“, wir wühlen doch nicht in Ihren Sachen!“, verteidigt sich Jessi. „Florian fand diesen Zettel im Flur. Er lag auf dem Fußboden. Wir haben nichts Schlimmes gemacht, uns hat nur die fremde Schrift interessiert. Aber wir können sie nicht lesen.“

„Das habe ich geschrieben!“, sagt der immer noch verärgerte Lehrer, obwohl er jetzt den Sachverhalt kennt und die Kinder keine Schuld trifft.

„Wieso schreibst du so merkwürdig?“, fragt Florian. Können das deine Schüler überhaupt lesen?

„F-l-o-r-i-a-n!“, hast du noch nie etwas davon gehört, dass die Generationen vor uns auch andere Schriftarten hatten? Du weißt doch, dass Herr von Froschhausen aus dem Jahre 1866 kommt.“ Dabei schaut Jessi ihren jüngeren Bruder vorwurfsvoll an und tippt sich an die Stirn.

„Bitte, Jessi, ärgere Florian nicht, das kann er doch nicht wissen. Kommt, ich erkläre euch die Schrift. Vielleicht habt ihr ja Lust, sie zu lernen.“

Als die Mutter dazu kommt, sitzen ihre Kinder still auf ihren Stühlen und hören Herrn von Froschhausen zu, der ihnen die einzelnen Buchstaben erklärt.

Kurz darauf springt Florian auf und ruft: „Ich habe keine Lust mehr auf dieses Gekritzel, das braucht doch kein Mensch.“

Jessi bleibt noch etwas. Sie hatte sich bereits in der Schule mit den Schriftarten von früher auseinandersetzen müssen und freut sich, dass sie sich doch an manches erinnern kann.

• • •

Nach dem Mittagessen verkünden Herr und Frau Meininger, dass sie etwas im Dorf zu erledigen hätten und dabei gleichzeitig einen kleinen Spaziergang machen wollen. Jessi geht mit.

„Du liebe Zeit, Jessi geht mit euch spazieren? Ist sie krank? Das hat sie ja noch nie gemacht, wundert sich ihr Bruder und zieht die Augenbrauen zusammen.“

„Wir erklären es euch später, jetzt müssen wir uns sputen.“

„Verstehe einer die Erwachsenen“, stöhnt Florian und verdreht dabei die Augen.

„Ich freue mich, dass ihr beiden euch gut versteht, sagt Herr Meininger mit Blick auf seinen Sohn und dessen Freund. Mama hat mir gesagt, dass ihr euch Eis aus der Gefriertruhe nehmen sollt, falls ihr darauf Appetit habt.“

„Nun geht schon!“, drängt Florian seine Eltern und schiebt sie demonstrativ aus der Tür. „Ihr wisst doch, Eis passt immer noch rein, egal, um wie viel Uhr.“

Jeder der Familie verbringt den Nachmittag anders und erst zum Abendessen versammeln sich alle wieder am Tisch. Alle plappern fröhlich durcheinander und sogar Herr von Froschhausen beteiligt sich daran.

Noch weniger als in den Abenden davor konnte ich es erwarten, das Erlebte des Tages aufzuschreiben. Ich glaube, es war der aufregendste Tag in meinem ganzen Leben.

Nach dem Essen haben wir uns alle im Wohnzimmer versammelt und ich spürte jedem Einzelnen ab, dass es um etwas ganz Besonderes gehen musste. Bevor ich überhaupt zum Nachdenken kam, hantierte Herr Meininger an einem Gerät herum, das er Computer nannte. Ehe ich mir auch darüber Gedanken machen konnte, riss ich entsetzt die Augen auf. Was ich sah, überstieg alles, was ich mir je hätte vorstellen können. ICH bewegte mich in diesem Apparat! Aber nicht nur das, ich hörte auch Stimmen, von denen ich aber nur die von Florian erkennen konnte. Es war unfassbar! Ich konnte sehen, wie ICH Fahrrad gefahren bin. Herr Meininger fragte mich, ob ich es erneut sehen möchte. Am liebsten hätte ich gerufen: „Ja bitte, tausend Mal.“

Die Familie hat diesen magischen Moment gespürt und sie haben gemerkt, dass sie mir da etwas zeigen, was für einen Menschen aus dem Jahre 1866 undenkbar sein muss.

Nachdem ich den Film zigmal anschauen durfte, fragte ich zaghaft, wem die andere Stimme gehören würde, denn meines Wissens war außer Florian und mir niemand dabei.

„Ja, das bist du doch, Froschi, erklärte Florian. DU sprichst."

Noch nie zuvor habe ich meine eigene Stimme und mein Lachen außerhalb meines Körpers gehört. Ich verstehe nicht, warum sich das nicht genauso anhört, wie in meinem Kopf. Wie im Traum lauschte ich den wundervollen Worten meiner Gastgeber, denn das war noch nicht alles, was mich an diesem Abend umhauen sollte.

Zuerst haben wir viel gelacht, als wir die Fotos betrachteten, die Florian von meiner Bruchlandung im Maisfeld gemacht hat. Ich schwebte ´auf Wolke sieben`. Diesen Spruch hat Jessi in einem anderen Zusammenhang erwähnt und ich denke, er passte zu meinem Zustand.

Zurzeit liegen bei mir Begeisterung, Zweifel, teilweise sogar an meinem eigenen Verstand und totales Unverständnis dicht beieinander. Manchmal wechseln diese Zustände innerhalb von Sekunden.

So ganz nebenbei erwähnte Florian, dass die Menschen bereits auf dem Mond gewesen wären. Zuerst war ich so ärgerlich und hätte ihm am liebsten eine kräftige Ohrfeige verpasst. Ich war der Annahme, dass er mich ganz offensichtlich angelogen hatte. Welcher normal denkende Geist könnte so etwas glauben. Das ist schließlich ganz unmöglich. Und genau das sagte ich dem Jungen auch.

Daraufhin hatte er Tränen in den Augen und ich bekam Gewissensbisse. War bisher nicht alles, was ich im Jahr 2016 erlebte, eigentlich unmöglich?

Plötzlich tauchte Jessi auf, die sich normalerweise eher zurückhält. Sie schrie mich förmlich an und war richtig zornig.

„Haben Sie noch alle Tassen im Schrank? Was bilden Sie sich eigentlich ein, Sie Mann von vorgestern, Sie! Wie können Sie es wagen,

meinen Bruder als Lügner hinzustellen? Meine Familie hat Ihnen bisher nur Gutes getan. Ist das der Dank dafür?"

Bevor ich zum Antworten kam, gesellte sich Marion Meininger zu uns.

„Jessi, bitte unterlasse es, so mit unserem Gast zu reden. Bedenke, dass das alles für ihn sehr befremdlich ist. Herr von Froschhausen, Sie können unseren Kindern glauben, es hat sogar mehrere Mondlandungen gegeben. Ich meine, es gab sechs davon, bin aber nicht ganz sicher. Auch das können wir Ihnen im Internet zeigen, wenn Sie möchten."

Ich war sehr zerknirscht und habe mich mehrmals bei meinen Gastgebern entschuldigt. Wie immer hatten sie auch diesmal ein großes Herz und alles war wieder gut.

Zwar habe ich jetzt eine Mondlandung gesehen aber ich glaube, ich habe wie das berühmte Mondkalb aus der Wäsche geschaut, denn wirklich verstanden habe ich so gut wie nichts.

Ganz feierlich waren Jessi und ihre Eltern, als sie mir folgendes sagten:

„Herr von Froschhausen, wir waren heute zu dritt bei der Mause Hilde. Wir hatten erfahren, dass in ihrem Haus ein uraltes Foto hängt, das einen jungen Mann an seinem Hochzeitstag zeigt. Das wollten wir uns anschauen. Im Rahmen hing ein kunstvoll verzierter Zettel auf dem stand:
16. Mai 1868
Hochzeit von
Julius Magnus von Froschhausen mit seiner Braut
Margarethe von Froschhausen geborene Ludwig.
Das Foto zeigt eindeutig Sie!

Am ganzen Körper zitternd schrie ich sie förmlich an:
„Was sagen Sie da? Ich heirate?" Ich heirate Margarethe? Sie ist das Mädchen, das ich heimlich verehre.
Mehr konnte ich nicht verkraften, und bat darum, mich zurückziehen

zu dürfen. Jeder hatte Verständnis und alle sahen mich irgendwie mitleidig an. Das wäre aber nicht nötig gewesen, denn im Gegensatz zu ihren Vermutungen hätte ich jubeln können. Margarethe wird die meine, Margarethe wird die meine, Margarethe wird die meine...
Diesen Satz hätte ich am liebsten der ganzen Welt verkündigt. Doch zuerst musste ich mich damit auseinandersetzen und mir viele schöne Gedanken machen.

Kapitel 16

•••

Im Gegensatz zur Nacht davor, habe ich so gut wie gar nicht geschlafen. Und als ich doch mal kurz eingenickt bin, träumte ich von meiner Margarethe. Mal sank sie in meine Arme und dann floh sie vor mir und ich konnte sie nicht einholen. Die Ringe fielen während der Trauung auf den Boden und zerschellten in hunderte Stücke und später bei der Feier hatten wir vergessen, Kuchen zu backen, so dass die Gäste ohne Essen nach Hause gehen mussten.

Als ich aufwachte war ich unendlich froh, dass es sich nur um Träume gehandelt hatte.

Heute wollen wir erneut nach Frankfurt fahren. Aber nicht in die Innenstadt, sondern zum Flughafen. Dieses Wort habe ich mir, zusammen mit vielen anderen, gemerkt, denn sie gehören nicht zu meinem Wortschatz.

Florian hat mir zwar schon einiges angedeutet, doch was sich auf einem Flughafen wirklich abspielt, entzieht sich meiner Vorstellungskraft.

Mittlerweile habe ich mich auch an die fremde Kleidung gewöhnt. Ich sehe ein, dass ich mit meinen eigenen Sachen auffallen würde.

„Papa, ich bin jetzt 12 Jahre alt und möchte endlich einmal vorne bei dir sitzen.“, ruft Florian, als sie sich gemeinsam auf den Weg zum Auto machen.

„Gut, das sehe ich ein, Florian. Aber ich will, dass Herr von Froschhausen auf der Hinfahrt nach Frankfurt auf dem Beifahrersitz Platz nimmt. Ich möchte ihm gerne ein bisschen über die Gegend sowie die Dörfer und Städtchen erzählen, die wir passieren oder durchfahren. Auf dem Rückweg darfst du dann vorne sitzen. Kannst du dich damit anfreunden?“

Ein wenig schmollend zwar, fügt sich Florian, denn er hat den Sinn hinter den Worten des Vaters verstanden.

Bevor alle in das Auto steigen, deutet Vater Meininger an, dass sie erst noch einen Moment warten sollen. Er wendet sich an den Gast und sagt:

„Es ist schön, dass Sie bereits mit unserem Sohn Freundschaft geschlossen haben. Meine Frau und ich würden uns sehr freuen, wenn Sie auch uns erlauben, Sie zu duzen. Das gilt natürlich für Sie genauso." Dabei streckt er dem jungen Mann die Hand hin und sagt:

„Ich heiße Thomas und das ist meine Frau Marion. Auch Jessi möchte gerne du zu Ihnen sagen, ist Ihnen das recht?"

Etwas verlegen nimmt er die Hand und sagt:

„Es ist mir eine Ehre.", und verneigt sich dabei steif.

„Abgemacht!", ruft Herr Meininger und klopft seinem jungen Freund auf die Schulter. „Ich freue mich, dass du bei uns bist. Wir wollen alles tun, damit du dich in unserer Welt zu Recht finden kannst.

„Danke, Herr Meininger, äääh Thomas, danke!"

Julius Magnus kann diese Fahrt mehr genießen als die erste. Alles interessiert ihn und selbst die Musik aus dem Radio empfindet er als angenehm. Die Zeit rennt nur so.

„Es dauert nicht mehr lange, dann sind wir da.", verkündet Florian.

Im selben Moment fliegt direkt über ihre Köpfe ein riesiges Flugzeug. Gerade noch kann Julius Magnus eine große Aufschrift erkennen. In einer Reflexreaktion hält er sich die Ohren zu und legt den Kopf auf die Knie. Er fühlt, wie sich eine ruhige Hand auf seine Schulter legt.

Thomas ist auf einen Parkplatz gefahren, den er im letzten Moment gesehen hat. Dort spricht er beruhigend auf seinen Beifahrer ein und gibt ihm ein paar erklärende Worte.

„Weißt du was?, Wir bleiben hier so lange stehen, bis du bereit bist zur Weiterfahrt. Ich denke, es werden noch mehr Flugzeuge über uns hinweg fliegen. Von hier haben wir einen guten Blick. Du musst keine Angst haben und kannst dir jedes Detail betrachten und alles verinnerlichen.“

Was für ein Tag! Was für eine Welt, in der man heute lebt. Möchte ich wirklich jeden Tag so leben? Nein!
Und doch will ich die Erfahrungen, die ich heute machen durfte, nie im Leben missen.
Ich werde alles der Reihe nach aufschreiben. Keine Minute dieses Tages will ich je wieder vergessen.

Wir standen auf einem Parkplatz, wie das Schild zeigte. Nur langsam erholte ich mich von dem Schreck, den mir das Flugzeug, das direkt über unsere Köpfe hinweg geflogen ist, einflößte. „Wie ist es möglich, dass sich dieser Koloss in der Luft halten kann?“, durchfuhr es mich im Geistesblitz. Es machte mir wahnsinnige Angst. Erst nach und nach konnte ich die Augen öffnen und wie ein kleines Kind zwischen meinen Fingern hindurchsehen, die ich mir schützend vor das Gesicht gehalten hatte.
Der nächste eiserne Vogel kam auf uns zu. Er wäre im Landeanflug sagte man mir. Für mich war es unvorstellbar, dass sich im Inneren dieses Riesen Menschen befinden, die lachen, gesund sind und sich freuen, angekommen zu sein. Und dass sich darin auch Piloten befinden, die das Flugzeug steuern. Sogar essen kann man auf der Reise. Dafür gibt es Personal, das Speisen und Getränke serviert.
„Wie ist so etwas möglich?“, frage ich mich zum wiederholten Mal.
Als ich bereit war, fuhren wir weiter in Richtung Flughafen. Nach allen Seiten verzweigten sich die Straßen. Auch hier gab es riesige Gebäude und überall Autos, Autos, Autos. Plötzlich fuhren wir in eines der Häuser hinein. Mir stockte der Atem, als wir nach unten fuhren, so, als wollten wir in den Keller.

Florian sagte mir, dass es die Tiefgarage wäre.

Nach dem Aussteigen hätte ich mich am liebsten an der Hand eines Familienmitglieds festgehalten. Doch diese Blöße wollte ich mir nicht geben. Schließlich war ich Lehrer der Oberstufe und konnte mich nicht wie ein kleines Kind benehmen. Also atmete ich tief durch und folgte mit wachen Augen allem, was um mich herum vor sich ging. Wir stiegen in Fahrstühle ein und ich musste auch notgedrungen Rolltreppen benutzen. Die ganze Familie hat mich dabei unterstützt und mir nachher gratuliert, als ich alles unbeschadet überstanden hatte. Florian, der Schelm, ging noch einen Schritt weiter. Er befahl mir, sich vor ihn zu knien. Alle schauten gespannt auf mich, denn keiner wusste, was der Junge mit mir vorhatte. Also tat ich ihm den Gefallen. Feierlich stellte sich Florian vor mich hin und sagte:

„Hiermit schlage ich dich zum tapferen Rolltreppen-Ritter." Dabei klopfte er mit seiner rechten Hand dreimal auf meine linke Schulter und grinste dabei von einem Ohr zum anderen.

Die ganze Familie brach in schallendes Gelächter aus und ich schloss mich ihnen an.

Wir gingen auf die Suche nach einem Fensterplatz, wo man einen großen Teil des Rollfeldes überblicken konnte. Wir fanden ihn in einem Bereich, wo man gleichzeitig essen konnte. Ich kann mich kaum noch daran erinnern, was wir gegessen haben, denn meine Augen hingen wie gebannt an dem, was draußen auf dem Rollfeld vor sich ging. Im Minutentakt landeten riesige Flugzeuge, die von Lotsen in ihre genaue Position gebracht wurden. Sie standen an Röhren, durch welche die Passagiere nach draußen gelangen konnten, wie mir Florian stolz erzählte. Für ihn war es ein erhebendes Gefühl, einem Erwachsenen etwas erklären zu können, von dem dieser keine Ahnung hatte.

Dann sah ich, wie Fahrzeuge sich dem Flugzeug näherten und wie die Koffer entladen wurden. Alles ging sehr schnell.

Ich konnte mich von dem Anblick kaum losreißen, als Thomas zum Aufbruch mahnte. Er hatte noch eine Überraschung für uns alle, aber besonders für mich. Wir konnten uns einer Führung auf dem gesamten Airport anschließen.

Mit einem Bus fuhren wir zwischen den Flugzeugen umher und der Busbegleiter erklärte uns alles, was mit den Starts, den Landungen, den Passagieren und dem Gepäck zusammenhing.

Etwas habe ich heute erlebt, was meine Gefühle vollkommen aus dem Gleichgewicht brachte. Ich war in einem Flugzeug! Die Besichtigung gehörte zu der Führung, die Thomas und Marion für mich organisiert hatten. Mit zitternden Beinen ging ich die Treppe nach oben. Florian schob mich von hinten und rief:

„He, sei nicht so lahm, wir wollen heute auch wieder nach Hause!"

„Benimm dich!", rief ihm sein Vater zu aber er lächelte dabei.

Als ich das Flugzeug betrat, habe ich mir in den Arm gekniffen, weil ich spüren wollte, dass das alles kein Traum ist.

Die kleine Truppe verteilte sich auf den vorderen Sitzen und wir hörten einen kurzen Vortrag. Es wurden technische Daten genannt und ich staunte über das Gewicht und vor allem die Geschwindigkeit, die es ermöglicht in weniger als 9 Stunden in New York zu sein.

Unfassbar, es gibt sogar mehrere Toiletten, man kann während der Flüge Filme sehen und bekommt Essen.

Auch wir bekamen ein fertiges Mittagessen und ich muss sagen, es hat mir geschmeckt.

Gerade als ich meinen Überlegungen nachhing, ob ich jemals bereit wäre, mit so einem ´Ding` zu fliegen, wurden die Monitore in den Sitzreihen angeschaltet.

„Ich habe mir sagen lassen, dass es hier unter uns Leute gibt, die noch nie geflogen sind", sagte der Herr, der uns alles so schön erklärt hatte. „Darum schauen wir uns einen Start und auch die anschließende Landung auf dem Monitor an. Vielleicht schnallen Sie sich dazu an, damit es richtig echt wirkt."

Wie gebannt hingen meine Augen an dem Bildschirm und ich hatte keine Ahnung, was als Nächstes kam. Florian, der neben mir saß, hat mich angeschnallt. Der Film zeigte uns aus Sicht des Piloten das

Rollfeld. Immer schneller wurde die Fahrt und plötzlich hob sich das Flugzeug in die Luft. Das Rollfeld, die Häuser, Fahrzeuge und Menschen wurden immer kleiner. Höher und höher flogen wir, bis wir zwischen weißen Wölkchen, die das Flugzeug begleiteten, schwebten. Meine Handflächen waren feucht. Von oben hatte man eine atemberaubende Sicht.

Das Bild wechselte und es sah aus, als wenn man aus einem Seitenfenster schaut. Direkt unter uns 10.000 Meter Abgrund. Wir flogen über schneebedeckte Bergmassive, sahen Bergseen in den Tälern, die wie blaue Perlen glänzten und schon bald steuerten wir zurück zum Flughafen Frankfurt/Main. Die Landung war nicht weniger aufregend.

Zum Abschluss durften wir nacheinander das Cockpit betreten. Dieses Wort hat mir Florian, genau wie all die anderen, gleich aufgeschrieben, damit ich es nicht vergesse. In diesem winzigen Raum sitzen die Piloten und halten das Leben von zig Menschen in ihrer Hand. Mir wurde ganz schwindlig, als ich mir vorstellte, dass Flugzeugführer alle Schalter, Knöpfe und Hebel kennen müssen.

„Unglaublich, was ich heute erlebt habe, es ist einfach unglaublich!"

Nachher werde ich mir noch ein paar Details aufschreiben. Nicht alles habe ich behalten aber das Wichtigste wird notiert.

Bei all unseren Aktivitäten wurde fotografiert. Jessi hat das Smartphone kaum aus der Hand gelegt und hat WhatsApps verschickt, wie sie mir sagte. Ich habe mehrere Anläufe gebraucht, um mich an dieses Wort zu erinnern. Was es bedeutet? Ich habe davon so viel Ahnung, wie ein Fisch vom Wandern!

Es war ein aufregender Tag, so dass ich doch tatsächlich auf der Heimfahrt eingeschlafen bin. Ich erwachte, als wir in Ulfa angekommen waren. Mein Kopf lag auf der Schulter von Marion Meininger. An meinem Erröten merkte sie, dass es mir sehr peinlich war. Da drückte sie mir leicht die Hand und sagte: „Alles ist gut, mach dir keine Sorgen."

Diese Seite des Jahres 2016 liebe ich. Nie habe ich so viel zwischenmenschliches Verständnis erfahren, wie in dieser Familie. Abends haben wir dann wieder Fotos angeschaut. So konnte ich alles noch einmal erleben und erneut staunen.

Kapitel 17

• • •

Nach dem Frühstück geht Thomas Meininger mit Julius nach draußen. Sie setzen sich auf die Gartenbank, denn er muss ihm etwas Wichtiges sagen und dabei will er ungestört sein.

„Ich habe vorhin mit der Mause Hilde gesprochen. Wir können heute zu ihr kommen. Du weißt doch, dass bei ihr ein Bild hängt, das dich an deinem Hochzeitstag zeigt. Außerdem besitzt sie noch etwas, das sie uns aber nur angedeutet hat. Es wäre ein Familiengeheimnis und sie muss sich erst noch überlegen, ob sie es uns verraten möchte. Denn es sei ihr alles ein bisschen peinlich."

„Ich bin schon sehr aufgeregt.", antwortet Julius seinem Banknachbarn. „Irgendwie ist es merkwürdig seiner eigenen Zukunft zu begegnen. Hoffentlich erfahre ich nichts Schlimmes."

„Das wirst du nicht, darüber habe ich mich mit der Hilde schon ausgetauscht. Wir gehen davon aus, bzw. wir hoffen es, dass du irgendwann wieder in deine Zeit zurück kannst. Auch wenn wir noch keine Ahnung haben, wie das vonstattengehen könnte. Darum ist es wichtig, dass du keine konkreten Daten kennst. Bist du bereit?"

Julius atmet tief durch und steht auf. Seine Wangen haben sich gerötet und mit leuchtenden Augen sagt er:

„Ja, ich bin bereit, meiner Zukunft zu begegnen. Danke, dass du das alles für mich machst."

In meinem Herzen jubelt es. Ich werde Margarethe heiraten. Das gibt mir Mut, endlich mit ihr zu sprechen. Doch wann wird das sein? Würde ich nicht wieder nach Hause können, dann hätte es ja nie diese Hochzeit gegeben. Einmal bin ich zuversichtlich, dass ich zurückkehren kann und dann wieder steht eine riesige Wand vor meinem inneren Auge, die den Weg versperrt.
Doch ich will mich bei meinen Aufzeichnungen nicht verzetteln. Es gibt noch so viel zu erzählen.

Als uns die , „Mause Hilde" die Haustür öffnet, sagt sie spontan:
„Das gibt es doch nicht! Er ist es wirklich! Wie kann das sein? Herzlich willkommen, Julius! Entschuldige bitte aber ich kann dich nicht siezen, denn du bist ein Nachkomme von mir.
Aich hu gehiert, dass dou aach Ilfer Platt schwätze konnst, stimmt doss?"
(Ich habe gehört, dass du auch Ulfaer Dialekt sprechen kannst, stimmt das?)
"No kloor, doss eass doch moi Moddersprooch."
(Na klar, das ist doch meine Muttersprache)
„Owwer mir schwätze etz wirrer hochdeutsch, doo vestieh uus die onnern besser." Dabei lacht sie verschmitzt und zwinkert ihrem jungen Gast mit den Augen zu.
(Aber wir reden jetzt besser wieder hochdeutsch, da verstehen uns die anderen besser)
Fast ehrfürchtig führt sie uns in einen Raum, den sie das Ahnenzimmer nennt. Seit die Kinder aus dem Haus sind, ist das Zimmer leer und sie hat es mit alten Erinnerungen dekoriert. Viele Bilder hängen an der Wand. In einer Ecke steht ein Spinnrad und daneben ein Haspel. Ein uralter Ofen ist der Hingucker überhaupt und er ist der ganze Stolz von Hilde. Sie konnte viel dazu erzählen. Doch ich habe kaum hingehört, denn ich wollte mich unbedingt als Bräutigam sehen. Heimlich sah ich mich um, konnte aber nichts erkennen. Doch, ein großes Bild war mit einem Tuch verhüllt. Darauf

ging Hilde ehrfürchtig zu. Sie machte es spannend, bevor sie das Geheimnis lüftete und das Tuch mit einer ausladenden Bewegung nach unten zog.

Der Schreck hat mich fast umgeworfen. Da stand meine Margarethe. Ein kleines Lächeln umspielte ihren zarten Mund und sie hatte ihren Arm in meinen gesteckt. Im anderen Arm hielt sie einen Strauß mit weißer Prachtspiere und Zierspargel dazwischen. Das Kleid war schwarz und hatte vorne ganz viele kleine Knöpfe. Die strenge Frisur wurde nur abgemildert von ein paar vorwitzigen Löckchen, die man nur schwer bändigen konnte. Nach der Hochzeit galten für die Frauen besondere Regeln. Sie mussten gesittet aussehen und sich angemessen kleiden.

Meine Mutter kannte ich nur in schwarzer Garderobe. Die anderen Dorffrauen trugen schwarze Schürzen über den einfachen Kleidern. Auch diese waren dunkel. Für mich war das ganz normal.

Alle anderen, die um mich herum standen, spürten den besonderen Moment für mich und ließen mir Zeit.

Nach einiger Zeit sagte Hilde:

„Es gibt auch noch eine Bibel von damals. Scheinbar hat das Paar die Heilige Schrift zur Hochzeit bekommen, denn es steht das gleiche Datum drin, wie auf dem Zettel im Rahmen. Ich werde sie aus dem Schrank nehmen. Sie ist sehr alt, darum lasse ich sie nicht offen herumliegen. Ich möchte nicht, dass sie staubig wird."

Ehrfürchtig hielt sie die altertümliche Heilige Schrift ihren Besuchern entgegen. Ich durfte sie zuerst nehmen. Bereits nach den ersten Seiten rief ich freudig: „Pfarrer Gustav Baist hat uns getraut. Oh, wie mich das freut."

Plötzlich trat Hilde energisch vor und sagte:

„So, jetzt müsst ihr mir aber sagen, was hier gespielt wird. Julius, wer bist du wirklich? Bist du ein Nachkomme von diesem Julius Magnus von Froschhausen?", und dabei deutete sie mit dem Zeigefinger auf die schlicht eingerahmte Fotografie.

Ich wusste nicht, was ich antworten sollte und schaute hilfesuchend nach Marion und Thomas.

Thomas räusperte sich und legte eine Hand auf Hildes Schulter. „Ich glaube, es wird besser sein, wenn wir alle sitzen, bevor wir dir erzählen, was sich zugetragen hat."

„Das ist eine gute Idee", sagt Hilde. Ich habe doch extra einen Riwwelkuche (Streuselkuchen) gebacken und der Kaffee ist auch schon fertig. Kommt mit ins Esszimmer, dort ist alles bereit.

Gemeinsam machten wir uns auf den Weg ins Erdgeschoss und versammelten uns um den hübsch gedeckten Tisch. Hilde hat eine stattliche Sammlung an Sammeltassen, die sie uns präsentierte. Der Kaffee stand in der alten, bauchigen Kanne bereit, die sie mit einem Kaffeewärmer umhüllt hatte.

Ich fühlte mich sofort wohl, denn im Gegensatz zu Familie Meiningers Möbeln, standen bei Hilde alte Schränke, wie sie mir vertraut sind.

„Sooo, liebe Hilde, jetzt erzählen wir dir, wie wir Julius kennengelernt haben. Bitte höre dir alles bis zum Schluss an, bevor du etwas sagst. Versprichst du mir das?

Hilde murmelt ein halblautes: „Ei, woss bleibt mir schunn onnescht iwwerich!"

(Ei, was bleibt mir schon anderes übrig)

Als Thomas fertig ist, sagt Hilde erst mal gar nichts. Bereits zwischendurch hat sie mit dem Kopf geschüttelt und sich sogar einmal mit dem Zeigefinger an die Stirn geklopft.

„Das soll ich euch glauben? Ihr denkt wohl, mit mir alten Frau könnt ihr das machen? Ihr spinnt doch allesamt.

Wollt ihr allen Ernstes behaupten, dass du das auf dem Foto bist?" Dabei schaute sie mich an und blickte äußerst skeptisch.

„Ich kann es nicht beweisen aber es ist tatsächlich so", gab ich ihr zur Antwort.

„Noch nie in meinem ganzen Leben habe ich so einen Quatsch gehört", sagt Hilde und kratzt sich am Kopf.

Abrupt und ohne einen Kommentar stand sie auf und ging erneut nach oben. Zurück kam sie mit einem kleinen Kästchen, das sie mir in die Hand drückte. „Hiermit kannst du beweisen, dass du wirklich DER Julius Magnus von Froschhausen bist. Eine Generation hat es an die andere weitergegeben, dass es in unserer Familie einen Phantasten gab, der wohl nicht ganz richtig im Kopf war. Er hat als junger Mann behauptet, in der Zukunft gewesen zu sein. Und alles, was er dabei erlebt hat, hat er in diesem Buch festgehalten. Allen Widerständen zum Trotz hat er seine Erinnerungen für viel Geld drucken lassen und ein paar Exemplare an Freunde und Familienangehörigen weitergegeben.

Alle waren empört und man schämte sich seiner. Besonders die Familie wurde dem Gespött der Leute ausgesetzt und auch seine Frau bekam den Hohn der Nachbarn zu spüren.

Eines Tages stand der Pfarrer mit dem Bürgermeister vor seiner Tür. Sie brachten ein amtliches Dokument mit. Auf diesem stand zu lesen: Mit sofortiger Wirkung wird Herrn Julius Magnus von Froschhausen verboten, seine ketzerischen Schriften zu verteilen. Außerdem sind sämtliche Unterlagen, die damit zu tun haben, sofort zu vernichten.

Zum Glück hatte Julius zusammen mit seiner Frau das handgeschriebene Manuskript sowie die erste Ausgabe versteckt. Margarethe, seine Frau, hielt zu ihm und glaubte seinen Worten.

Trotzdem war es schwer für ihn, denn er hatte keine Möglichkeit mehr, seinen Tatsachenbericht weiterzugeben.

Das Manuskript und auch das damals versteckte Buch findest du hier in diesem Kästchen. Ich frage dich jetzt etwas, das nur der Autor wissen kann.

Wem hast du dieses Buch gewidmet?"

„Hilde, ich kann das doch nicht wissen, denn ich habe meine Erlebnisse ja noch gar nicht aufgeschrieben. Aber ich habe vielleicht einen anderen Beweis für dich."

Ich griff in meine Jackentasche, wo sich meine Aufzeichnungen befanden und reichte sie Hilde.

Beim Anblick der Handschrift wurde sie blass und sagte: „Das gibt es nicht, das gibt es nicht! Es ist tatsächlich die gleiche Handschrift wie in dem Manuskript. Zur Bekräftigung ihrer Worte legte sie das Original daneben."
Dann schlug Hilde das Buch auf. Gleich auf der ersten Seite stand geschrieben:

„Dieses Buch widme ich meinen Freunden Thomas, Marion, Florian und Jessi Meininger. Ich hoffe, ihr werdet es eines Tages lesen können."
Dieser Moment war bewegend.

„Ich danke dir, lieber Julius. Das Buch beweist, dass du eines Tages wieder zurückkehren kannst in deine Zeit."

Noch lange saßen wir zusammen. Hilde hatte viele Fragen. Sie betreibt Ahnenforschung und es fehlten ihr noch ein paar Details über meine Mutter und deren Mutter.

Alles was ich wusste, habe ich Hilde erzählt.

„Spätestens jetzt hätte ich dir geglaubt.", sagte sie zu mir und das mit Tränen in den Augen. Dankbar drückte ich ihre Hand. Dann versuchten wir lachend herauszufinden, in welchem verwandtschaftlichen Verhältnis wir zueinander stehen. So ganz ist es uns nicht gelungen.

„Ach du grüne Neune!", entfuhr es Hilde. „Dann bist du ja gar kein Nachkomme von mir, sondern du bist mein Vorfahre."
Dabei raufte sie sich die Haare und wir alle stimmten in ihr erfrischendes Lachen ein.

Erst drei Stunden später haben wir den Heimweg angetreten. Jeder von uns hing seinen Gedanken nach.
Eigentlich muss ich gar keine Aufzeichnungen mehr machen, denn mein Buch wird ja doch verworfen. Aber wenn ich das mache, dann verändere ich die Zukunft und dabei spüre ich unsichtbare Knoten in meinem Gehirn. Nein, darüber will ich jetzt noch nicht nachdenken.

Kapitel 18

• • •

Julius liegt im Bett und wird so langsam wach. Seine Gedanken kreisen um die vergangenen Tage. Er ist unendlich glücklich über das, was er alles erleben durfte. Aber er hat auch traurige Gedanken. Heute ist nämlich ein besonderer Tag. Wie wird er ihn verbringen?

Da klopft es zaghaft an seine Tür und er ruft:. „Herein!" Eigentlich ist es nicht schicklich, dass er Besuch empfängt, während er noch im Bett liegt. Aber er hat gelernt, dass man das heute so macht und sich darüber niemand den Kopf zerbricht.

Die Tür öffnet sich ganz langsam, geht immer weiter auf und im Türrahmen steht die gesamte Familie Meininger. Alle strahlen über das ganze Gesicht und im selben Moment beginnen alle zu singen:

„Zum Geburtstag viel Glück, zum Geburtstag viel Glück, zum Geburtstag lieber Julius, zum Geburtstag viel Glück."

Julius liegt im Bett und hat Tränen in den Augen. So etwas Schönes hat er noch nie erlebt. Doch zum Weinen kommt er nicht, da alle auf ihn zustürmen, ihn umarmen und persönlich gratulieren.

Papa Meininger räuspert sich, setzt eine feierliche Miene auf und sagt zu dem Geburtstagskind:

„Lieber Julius, wir haben lange überlegt, was wir dir schenken könnten. Dabei kam uns eine Idee, die wir alle gut finden. Nun hoffen wir, dass du mutig genug bist, dieses Geschenk anzunehmen."

„Seid ihr alle verrückt geworden? Ihr habt für mich schon so viel getan, was ich nie wieder gutmachen kann. Und jetzt

soll ich auch noch ein Geschenk bekommen?"
„Aber sagt mal, woher wisst ihr denn, dass ich heute Geburtstag habe? Ich kann mich nicht erinnern, dass ich es euch gesagt habe."
„Das ist unser Geheimnis, was wir dir nicht verraten", sagt Florian und grinst dabei von einem Ohr zum anderen.
Thomas tritt einen Schritt näher an das Bett von Julius heran und hält ihm einen Briefumschlag hin.
„Du kannst ihn gerne öffnen!"
Mit zitternden Händen nestelt Julius an dem Papier herum und benötigt einige Zeit, bis er den Gutschein in Händen hält. Langsam und bedächtig liest er:
Gutschein für einen Hubschrauber-Rundflug
„Was meint ihr damit, ich verstehe es nicht?"
„Wir meinen damit, sagt Marion, die sich bisher im Hintergrund gehalten hat, dass wir nach dem Frühstück nach Reichelsheim starten. Dort wartet ein Hubschrauber auf dich, mit dem du eine Stunde fliegen darfst."
Jetzt ist es um die Fassung des Geburtstagskindes geschehen. Er kann gar nicht aufhören zu weinen. Marion reicht ihm ein Taschentuch, in das er laut hörbar schneuzt.
„So, jetzt ist es aber genug mit der Flennerei!", sagt Jessi. Wir stehen alle in den Startlöchern und sind hungrig. Gehe bitte ins Bad, mache dich reisefertig und komme dann ins Esszimmer. Das Frühstück ist fertig."
Und schon sind alle draußen und die Tür ist wieder geschlossen. Julius ist wie benommen. „Er soll wirklich fliegen?" Riesige Freude und grauenhafte Angst wechseln sich in seinem Inneren ab. Wie im Traum handelt er. Macht sich fertig und sitzt dann am Frühstückstisch. Eigentlich bringt er keinen Brocken hinunter aber er zwingt sich dazu, da ihm die Familie gut zuredet. Jeder ist aufgeregt. Die Vorfreude übertrifft alles. Eltern und Kinder wollen den

Gast in ihrem Haus verwöhnen, ihm etwas bieten, das er nie wieder vergessen wird. Ob es ihnen gelingt?

Immer noch ist mein ganzer Körper im Aufruhr. Ich bin geflogen! Ach, wenn ich das doch meiner Mutter erzählen könnte! Sie würde mir Glauben schenken!

Zum Flugplatz nach Reichelsheim war es gar nicht weit. Klein und überschaubar ist er und man kann ihn nicht mit dem riesigen Flughafen von Frankfurt vergleichen. Doch meine Anspannung ließ nicht nach. Sollte ich es wirklich wagen zu fliegen? Einmal sagte ich mir kategorisch: „Nein!", und dann wieder wurde mir bewusst, dass ich so eine Chance nie, nie wieder bekommen würde.

Thomas erklärte mir einiges, was mir die Angst nehmen sollte. Man hatte sich bewusst für einen Hubschrauber entschieden, da ich darin die beste Sicht hätte. Sozusagen rundum.

Keinem hatte ich gesagt, dass ich nicht wusste wie ein Hubschrauber aussieht und scheinbar hat niemand daran gedacht, es mir zu erklären. Darum war ich unglaublich erstaunt, als ich dann einen vor mir stehen sah. Er wirkte auf mich wie ein riesiges Insekt, dessen großes Maul mich verschlingen würde. Ich erinnerte mich aber daran, dass ich bereits im Meininger-Garten so etwas Ähnliches gesehen hatte. Alle waren freundlich zu mir.

Der Pilot begrüßte mich mit Handschlag und erklärte mir den Ablauf. Auf meinen Kopf setzte er mir einen Helm, der durch ein Mikrofon mit seinem verbunden war. Das wäre wichtig, damit wir uns während des Fluges auch unterhalten könnten. Er sah wohl meinem Gesicht an, dass ich vieles nicht verstand. Vor allem nicht das Wort ´Mikrofon`.

„Wissen Sie was?", sagte er zu mir. „Sie machen jetzt einfach das, was ich Ihnen sage, dann werden Sie sehr schnell erkennen, für was so ein Mikrofon nützlich ist."

Meine Freunde standen etwas entfernt und schauten zu. Als ich einstieg, zeigten acht Daumen nach oben. Das ist auch so eine Geste, *die ich nie zuvor bei jemand gesehen habe. Florian hat mir erklärt, dass das gleichzeitig ´alles Gute` und ´du schaffst das` bedeutet. Irgendwie gab es mir Kraft.*

Nachdem sich die Tür des merkwürdigen Fluggeräts geschlossen hatte, machte ich mich auf einen schnellen Anlauf gefasst. Hatte ich doch in Erinnerung, wie die Flugzeuge in Frankfurt in die Luft gestartet sind. Aber nichts dergleichen geschah.

Ein ohrenbetäubender Krach entstand und ich spürte erschrocken, dass sich die Flügel oben auf dem Dach des Hubschraubers drehten und wir senkrecht in die Luft abhoben. Wir flogen über die schöne Wetterau. Immer höher ging es hinauf, bis der Pilot abdrehte und wir in Richtung Vogelsberg unterwegs waren. Als er sah, dass ich ganz grün im Gesicht wurde, reichte er mir eine ´Kotztüte`, wie er es nannte, und gab mir den Rat sie für alle Fälle bereit zu halten.

Ich war so fasziniert, dass ich es wohl vergessen hatte, mich zu übergeben. Dass man wirklich und wahrhaftig fliegen kann, ist so schön, dass, ja, dass ich es selbst nicht glauben kann. Mir liefen die hellen Tränen die Backen hinunter und der Pilot blickte mich besorgt an.

In Windeseile flogen wir dahin. Die Autos unter uns und sogar eine Eisenbahn, wirkten wie Spielzeug. Von meinem routinierten Helikopter-Steuermann bekam ich Erklärungen zu den Dörfern, die wir überflogen.

Auf einmal merkte selbst ich als Laie, dass der Hubschrauber an Höhe verlor. Angstvoll schaute ich zu den Instrumenten, die für mich natürlich keine Aussagekraft hatten. Der Pilot klopfte mir beruhigt auf den Oberschenkel und deutete mit einem verschmitzten Lächeln auf einen Kirchturm.

„Ich gehe etwas runter, damit Sie Ihren geliebten Ulfaer Kirchturm einmal von oben erleben."

Extra für mich drehte er ein paar Runden über dem Dorf. Wir waren so tief, dass einige Leute die Köpfe hoben und unseren Flug verfolgten. Schade, dass Florian nicht mit seiner Kamera dabei war.

Denn mein Gesichtsausdruck muss Bände gesprochen haben. „Nie, nie, nie wieder werde ich das vergessen!“

Danach flogen wir wieder zurück nach Reichelsheim, wo mich Familie Meininger winkend in Empfang nahm.

Zu meiner großen Freude wurde auch dieses Erlebnis wieder fotografiert und gefilmt, so dass ich mir abends alles noch einmal ansehen konnte. Diesmal aus der Sicht der Zuschauer.

Gleich nach der Landung ist mir Jessi um den Hals geflogen und hat mir einen Kuss auf die Wange gegeben. Das war mir peinlich, aber gleichzeitig habe ich es auch genossen. So etwas ist mir nämlich bisher auch noch nie passiert.

Florian kam in seiner schlaksigen Art auf mich zu und sagte: „Alter, das hast du großartig gemacht. Jetzt kannst du bei deinen Freunden und Verwandten damit prahlen. Du bist zwar ein richtiger Oldtimer aber trotzdem schwer in Ordnung.“

Oh ja, wie gerne hätte ich dieses Erlebnis mit meinen Freunden geteilt. Doch erstens sind sie nicht hier und zweitens weiß ich nicht, ob ich sie jemals wiedersehen werde. Großes Heimweh hatte mich erfasst.

Ist es nicht merkwürdig, dass man nach einem Ort Heimweh haben kann, in dem man sich befindet? Mir wurde neu bewusst, dass nicht die Häuser und Straßen Heimat sind. Nein, es sind die Menschen, es ist die Lebensart, die man gewöhnt ist.

Zum ersten Mal seit meiner Konfirmandenzeit habe ich gebetet. Ich hoffe, dass Gott mein Flehen erhört und ich eines Tages wieder nach Hause darf.

PS. Ich habe noch etwas Merkwürdiges oder, man kann auch sagen, Witziges hinzuzufügen.

„Heute bin ich fast aus den Latschen gekippt.“ Jetzt, wo ich diesen Satz schreibe, muss ich erneut lachen.

Von Florian kann ich viel lernen; auch solche Sätze. Seine Mama meint, dass er mir nicht so viel Mist beibringen soll. Sie möchte sich nicht für ihren Sohn schämen müssen. Aber ich genieße das. Zu lange musste ich auf andere Menschen hören und tun, was sie mir vorgeschrieben haben. Und seit ich Lehrer bin, darf ich mich gar nicht mehr wie ein junger Mann verhalten. Stets muss ich auf meine Würde bedacht sein. Hier, bei Familie Meininger, darf ich sein, wie ich bin und das tut mir gut. Florian, mein kleiner Freund, ist mein bester Lehrmeister.

„Ja, heute bin ich fast aus den Latschen gekippt."

Jessi kam zur Türe herein. Wie meistens, hielt sie auch diesmal ihr Smartphone in der Hand, um es gleich darauf ans Ohr zu drücken. Oben herum sah sie eigentlich wie immer aus. Aber als mein Blick zufällig bei ihren Beinen hängenblieb, sah ich ihre nackten Knie aus vielen Löchern der Hose herausgucken. Es gab noch mehr offene Stellen und der Stoff war teilweise sogar ausgefranst.

„Was guckst du denn, Froschi? Bin ich nicht toll angezogen?", fragt mich Jessi.

„Hm, äh, du gehst doch so nicht auf die Straße.", antwortete ich mit gerunzelter Stirn.

„Warum nicht? Stören dich die Löcher in meiner Hose? He, das ist voll „in". Das Teil hat mich eine schöne Stange Geld gekostet."

Eine Antwort bin ich ihr schuldig geblieben aber ich habe mehr zu mir selbst gesagt:

„Bisher dachte ich, dass es der Familie an nichts mangelt. Aber jetzt kommen mir meine Zweifel, wenn sie ihre Kinder mit solch` kaputten Hosen herumlaufen lassen. Oder kann Marion nicht flicken? Aber dann hätte sie das Kleidungsstück doch zum Schneider bringen können….!"

Nach wie vor weigert sich mein Lehrergehirn Frauen und Mädchen in Hosen zu akzeptieren. Gerade stelle ich mir vor, was in meinem Ulfa vorginge, wenn Jessi in ihrem merkwürdigen Aufzug durch die Straßen liefe. Die Rute des Vaters wäre ihr gewiss.

Kapitel 19

• • •

Erneut sitzt die Familie beim Frühstück und plant den Tagesablauf. Heute soll es in den Vogelsberg auf die Sommerrodelbahn gehen. Florian freut sich am meisten auf den Kletterwald. Sogar Jessi will dieses Abenteuer erleben und sie überzeugen Julius, ebenfalls mitzumachen. Mit gemischten Gefühlen sieht er diesem Unternehmen entgegen. Das liegt auch etwas daran, dass er sich schon am Vorabend nicht ganz wohlgefühlt hat. Manchmal zieht ein stechender Schmerz über seiner rechten Leistengegend. Er möchte der Familie jedoch die Freude nicht verderben und hofft, dass es ihm bald wieder besser geht. In diesem Moment kommen die Schmerzen massiv zurück und er kann einen Klagelaut nicht unterdrücken. Alle Augen richten sich auf Julius, der sich auf seinem Stuhl förmlich krümmt. Das ist ihm natürlich sehr unangenehm aber er kann sich gegen das, was gerade in seinem Körper vorgeht, nicht wehren.

Marion Meininger springt auf und geht zu ihm.

„Was ist mit dir los?“, fragt sie Julius und fühlt ihm gleichzeitig die Temperatur auf seiner Stirn.

„Du bist ja ganz heiß, du musst sofort ins Bett. Sag schon, was du hast!“

„Es war mir gestern Abend etwas komisch, ich fühlte mich richtig krank und mein Bauch tat weh. Doch ich glaubte, dass es wieder vergeht. Zwar bin ich in der Nacht öfter wachgeworden aber alles in allem konnte ich schlafen.

Gemeinsam begleiten sie ihren Gast in sein Zimmer. Es ist ein schweres Unterfangen, denn Julius kann kaum die Beine voreinander setzen. Jeder Schritt lässt ihn aufstöhnen.

Frau Meininger macht es ihm im Bett bequem und holt eine Wärmflasche, denn mittlerweile hat der Kranke Schüttelfrost, trotz hoher Außentemperaturen.

„Ich rufe sofort den Notarzt an.“, ruft Thomas Meininger und eilt ans Telefon.

Dieser lässt auch nicht lange auf sich warten und macht sich ohne große Umstände an die Untersuchung seines Patienten.

„Ja, das ist ein klassischer Fall von Blinddarm. Herr von Froschhausen muss sofort ins Krankenhaus. Packen Sie ihm ein paar Sachen zusammen, ich werde in der Zwischenzeit einen Krankenwagen bestellen.“

„Herr von Froschhausen, ich bräuchte noch die Versichertenkarte Ihrer Krankenkasse.“

„Was ist eine Versichertenkarte? So etwas habe ich nicht!“

Verunsichert blickt der Arzt zu Herrn und Frau Meininger und sagt: „Ich kann darauf jetzt keine Rücksicht nehmen. Das klären wir später. Wenn nicht sofort operiert wird, kann das für Ihren Gast schlimm enden.“ Herr von Froschhausen, wir müssen Sie jetzt mit dem Rettungswagen ins Schottener Krankenhaus bringen. Eine Blinddarmoperation ist heute ein Routineeingriff, Sie müssen keine Angst haben.“

Thomas Meininger stellt sich dem Kranken zu Seite, denn er ahnt, was in ihm vorgeht. Beruhigend nimmt er seine Hand und versucht ihm, etwas zu der OP zu erklären.

„Weißt du, was ein Blinddarm ist?“

„Nein!“, presst er mühsam hervor, denn eine neue Schmerzwelle hat ihn erfasst.

„An deinem Darm ist ein kleines Anhängsel, das man Wurmfortsatz nennt. Es hat sich bei dir entzündet.
Wenn nichts unternommen wird, könnte es für dich den Tod bedeuten.“

„Ich mache euch nichts als Scherereien, Thomas, es tut mir so leid. Auch weiß ich nicht, wie ich den Arzt bezahlen soll. Das einzig Wertvolle, das ich bei mir habe, ist meine schon recht alte Taschenuhr. Ich habe sie von meinem Opa geerbt. Aber ob das reicht, weiß ich nicht."

„Du behältst deine Uhr schön für dich. Es wird sich bestimmt eine Lösung finden."

„Thomas, was machen die Ärzte im Krankenhaus mit mir? Ich habe große Angst!"

„Sie werden dir mit einem kleinen Schnitt den Bauch öffnen und den entzündeten Wurmfortsatz, den man landläufig Blinddarm nennt, entfernen."

Ein angstvolles Augenpaar blickt zu Thomas auf und Julius sagt:

„Kannst du mit dabei sein, Thomas? Ich fürchte mich so sehr!" „Das geht leider nicht, in den Operationssaal darf ich nicht mit hinein. Du brauchst keine Angst zu haben. Die Narkose, die du bekommst, lässt dich tief und fest schlafen. Nach der Operation gibt man dir Infusionen, damit du keinen Durst hast. Es dauert nämlich ein paar Tage, bis du wieder normal essen und trinken kannst. Schau her!", und dabei öffnet er seine Hose, „Ich habe auch keinen Blinddarm mehr. Das ist meine Narbe."

Thomas muss das Gespräch beenden, denn der Krankenwagen steht vor der Tür. Vorsichtig heben die Sanitäter mit Anweisungen des Notarztes den Kranken auf eine Trage und befördern ihn hinaus. Alles geht sehr schnell und sofort startet der Rettungswagen in Richtung Krankenhaus.

Thomas kann seinem jungen Freund gerade noch zurufen, dass er da ist, wenn er aus der Narkose erwacht.

Die ganze Familie steht noch unschlüssig auf dem Bürgersteig, als das Auto schon lange außer Sichtweite ist.

„Ich packe jetzt ein paar Sachen für Julius zusammen“, sagt Marion und wendet sich dem Haus zu.

„Bitte beeile dich! Ich möchte so schnell wie möglich nach Schotten fahren. Ich habe Julius gesagt, dass ich bei ihm sein werde, sobald er aus der Narkose aufwacht. Und diese Zusage möchte ich auch halten.“

Kapitel 20

• • •

Julius Magnus von Froschhausen sitzt auf dem Rand seines Krankenhausbettes. In der Hand hält er einen Schreibblock und einen Kugelschreiber, mit dessen Art er mittlerweile vertraut ist. Oft denkt er darüber nach, was alleine dieses kleine Teil für eine tolle Erfindung ist. Man muss die Feder nicht mehr in das Tintenfass tauchen, bekommt keine Tintenkleckse und kann sogar noch unter verschiedenen Farben wählen.

Florian hat ihm einen roten Kugelschreiber mitgebracht und ihm erklärt, dass die meisten Leute diesen Stift Kuli nennen.

„Ich finde, du brauchst für deine Aufzeichnungen rote Farbe. Bei uns in der Schule streichen die Lehrer Fehler immer mit roter Farbe an. Sieht zwar echt bescheuert aus aber sie bestehen darauf. Machst du so etwas auch?"

„Ja, es gibt auch rote Tinte. Bei manchen Schülern steht mehr mit roter Farbe als mit der üblichen Tinte geschriebenes im Heft.", und dabei lacht er.

Doch beim Lachen muss er noch aufpassen, das kann ziemlich schmerzhaft sein.

Jetzt betrachtet er erneut den Block. Was soll er schreiben?

In den beiden letzten Tagen ist so viel passiert, dass er gar nicht weiß, wo er anfangen soll. Sein Bettnachbar schläft, das ist eine gute Gelegenheit an seinen Aufzeichnungen weiterzuarbeiten. Denn der ältere Herr neben ihm neigt dazu, viel zu erzählen. Dabei hat er aber wieder vieles über die neue Zeit gelernt. Er will nichts davon vergessen und jetzt muss er sich konzentrieren.

Zum 1. Mal in meinem Leben bin ich in einem Krankenhaus. Das alleine ist schon Aufregung genug. Dass es so ein Haus überhaupt gibt, hätte ich mir nie, nie träumen lassen. Man kann es in keiner Weise mit dem Hospital vergleichen, in dem mir einmal ein tief sitzender Splitter aus dem Finger entfernt wurde.

Als ich mit den Bauchschmerzen eingeliefert wurde, konnte ich kaum noch klar denken. Viele Leute haben sich um mich gekümmert. Sogar eine Frau, die sich als Ärztin vorstellte.

In dieser Welt gibt es Frauen, die Ärzte sind und Pfarrer. Ach ja, und Auto fahren dürfen sie auch. Das glaubt mir kein Mensch, sollte ich jemals wieder nach Hause zurück können.

Alles ging schnell und nachdem man mir ein merkwürdiges Hemd angezogen und eine Haube auf den Kopf gesetzt hatte, wurde ich in den Operationssaal geschoben. Alle Anwesenden trugen Mundschutz und Handschuhe. Der Narkosearzt setzte sich zu mir, stellte mir ein paar Fragen und erklärte mir einiges.

„Ich setze Ihnen jetzt eine Kanüle, in die ich nachher das Narkosemittel spritze. Sie müssen keine Angst haben und werden nichts spüren."

Fürsorglich strich er mir über den Handrücken und entfernte sich. Kurz darauf kam er und sagte, dass ich jetzt das Narkosemittel bekäme.

„Gleich werden Sie einschlafen, wehren Sie sich nicht dagegen!"

Dabei ist es gar nicht möglich, sich dagegen zu wehren. Alles ging so schnell, dass ich jetzt noch staune.

Als ich wieder zu mir kam, saß Thomas neben mir. Ich öffnete mühsam die Augen, brachte aber nur ein klägliches Lächeln zustande und schlief sofort wieder ein. Jedes Mal, wenn ich erneut erwachte, blickte ich in die lächelnden Augen von Thomas. Das tat so gut.

Später kam die Ärztin, die mir erklärte, dass die Operation so wie erwartet verlaufen wäre und dass es mir jetzt jeden Tag ein bisschen besser gehen würde. Sie war auch die Ärztin, die mich operiert hat. Unglaublich, dass eine Frau so etwas kann und vor allem darf!

Nach und nach wird mir bewusst, dass ich in meinem Ulfa an derselben Krankheit gestorben wäre. Ich erinnere mich an ein Kind, das die gleichen Symptome hatte wie ich. Es hat tagelang qualvoll gelitten, niemand konnte ihm helfen und bald darauf ist es gestorben. Das ganze Dorf hat mit den jungen Eltern um ihr einziges Kind getrauert.

Ich darf weiterleben! Welch ein Vorrecht!

Oft mache ich mir Gedanken über Familie Meininger. Alle haben mir bedingungslos meine Geschichte geglaubt und mich in ihrer Mitte willkommen geheißen. Was hätte ich bloß ohne sie gemacht?

Gestern war ein Herr von der Krankenhausverwaltung bei mir. Er wollte wissen, wer die Krankenhauskosten übernimmt, nachdem ich ihm noch einmal versichert habe, dass ich nichts besitze. Weder Geld noch sonst etwas. Später ist er noch einmal wiedergekommen, wo ich ihm sagte, dass ich ihm gerne im Beisein von Thomas Meininger etwas erzählen möchte. Das war kein leichtes Unterfangen, denn geglaubt hat er von meinen Worten kein einziges. Leicht genervt erhob er sich von seinem Stuhl und verabschiedete sich mit den ‚Worten: „Da müssen sich andere drum kümmern!" Und weg war er.

Morgen soll ich ´nach Hause` entlassen werden. Wo ist mein Zuhause? Auch weiterhin werde ich meinen Gastgebern auf der Tasche liegen und mich von ihnen versorgen lassen müssen. Ich habe meinen Kopf schon zermartert aber ich finde keine Lösung.

Kapitel 21

• • •

Julius ist wieder ´zu Hause`. Marion bemuttert ihn tüchtig und besteht darauf, dass er sich noch schont. Das lässt er sich nicht zweimal sagen, denn das Laufen fällt ihm immer noch etwas schwer.

Da ja Ferien sind, verbringt Florian viel Zeit im Zimmer seines neuen Freundes. Er hat mehrere Science Fiction Bücher, die er auf dem Boden vor dem Bett verteilt hat. Wie ein Schwamm saugt Julius die erfundenen Geschichten von der Zukunft in sich auf. Es will ihm nicht in den Kopf, wie man sich so etwas ausdenken kann.

´Krieg der Sterne` ist der Lieblingsfilm von Florian.

„Weißt du was?", sagt er zu Julius, „Ich frage Papa, ob er für uns den Film in der Videothek ausleiht. Dann können wir ihn gemeinsam anschauen." Julius ist begeistert und sie haben ihren Plan schon bald in die Tat umgesetzt, nachdem Florians Vater grünes Licht dazu gegeben hat.

Es ist alles andere als leicht, dem Mann aus der Vergangenheit zu erklären, wie so ein Film zustande kommt. Julius hat viele Fragen und ist außerordentlich erstaunt, was der Junge ihm alles erklärt. Florian scheint ein sehr intelligenter Junge zu sein. Er weiß Details zu den Raumschiffen, den Waffen, den Uniformen und kennt die Namen jeder einzelnen Figur.

All das schreibt sich Julius von Froschhausen auf; er möchte nichts davon vergessen. Er weiß, dass diese geschriebenen Erinnerungen für ihn einmal sehr wertvoll sein könnten.

Es klingelt an der Haustür.

Florian wird zum Öffnen geschickt. Kurz darauf ruft er:

„Papa, komm mal schnell, hier ist die Polizei."
Verwundert erhebt sich der Vater und geht ebenfalls zur Tür.
„Guten Morgen, meine Herren, was kann ich für Sie tun?", sagt er und steht etwas unschlüssig vor den Beamten.
„Entschuldigen Sie bitte die Störung, Herr Meininger, aber die Krankenhausverwaltung in Schotten hat uns zugetragen, dass Sie einem illegal zugewanderten Herrn Asyl gewähren und die Behörde davon nicht in Kenntnis gesetzt haben. Außerdem konnte bisher nicht geklärt werden, wer die Operationskosten für ihn übernimmt. Ist Herr…", der Beamte muss erst in seinen Papieren nach dem Namen suchen und setzt erneut an. „Ist Herr von Froschhausen da? Wir müssen seine Papiere prüfen und gegebenenfalls seine Personalien aufnehmen."
„Bitte kommen Sie herein, wir essen gerade zu Mittag."
Im Hintergrund hat die Familie das Gespräch mit angehört und Julius blickt ängstlich in die Runde. Marion ergreift seine Hand und versucht, ihn dadurch zu beruhigen.
Die Beamten treten näher und stellen sich vor Julius, der sich mittlerweile von seinem Platz erhoben hat.
„Herr von Froschhausen, wir müssen mit Ihnen sprechen. Können wir uns irgendwo ungestört unterhalten?"
„Ich weiß nicht." stottert er und schaut sich Hilfe suchend nach Thomas Meininger um.
Herr Meininger stellt sich neben seinen Gast und sagt:
„Ich werde bei dem Gespräch mit dabei sein, ich lasse unseren jungen Freund nicht alleine!"
Dankbar schaut ihn Julius an, dem bereits die Knie schlottern. Noch nie hat er es mit der Polizei zu tun gehabt, das macht ihm Angst. Auch weiß er, dass nicht jeder ihm seine unglaubliche Geschichte abnehmen wird. Und die Polizei schon gar nicht. Schweißtropfen bilden sich auf

seiner Stirn und er sucht vergeblich in seiner Hosentasche nach einem Taschentuch. Marion Meininger kommt ihm zu Hilfe. Sie sieht seine Situation und gibt ihm ein ´Tempo` in die Hand, das er dankbar nimmt, um sich damit über die Stirn zu wischen.

„Kommen Sie, wir gehen in mein Büro, da sind wir ungestört.", sagt Herr Meininger zu den Beamten und geht voran.

Seine Frau folgt ihnen leise und stellt Gläser und eine Flasche Wasser auf den Tisch. Es ist heiß draußen und alle brauchen eine Erfrischung. Im Glas von Herrn von Froschhausen befindet sich bereits Leitungswasser, da er Kohlensäure nicht mag.

Nach einer kurzen Pause ergreift einer der Polizisten das Wort.

„Herr von Froschhausen, ich muss Sie bitten, mir Ihre Papiere zu zeigen."

„Ich habe meine Papiere nicht bei mir."

„Dann erklären Sie mir bitte, von wo Sie kommen und was Sie hier machen!"

„Ich komme hier aus Ulfa."

„Okay, aber warum wohnen Sie dann nicht zu Hause bei Ihnen? Bitte nennen Sie mir Ihre Adresse, damit wir das überprüfen können."

„Diese Adresse gibt es nicht mehr. Ich habe dort bis 1866 gelebt."

„Es kann sich ja wohl nur um einen üblen Scherz handeln, dass Sie aus dem Jahre 1866 kommen."

„Nein, das ist kein Scherz!"

„Bitte unterlassen Sie es, uns zu belügen, Herr von Froschhausen!", sagt der größere der beiden Beamten und geht demonstrativ einen Schritt auf ihn zu. „Wir sind hier nicht aus Jux und Tollerei, wir tun unsere Pflicht!"

Herr Meininger, der sich bis jetzt diskret zurückgehalten hat, mischt sich in das Gespräch ein.

„Meine Herren, bitte hören Sie sich die Geschichte unseres Gastes an. Danach können Sie entscheiden, was zu tun ist. Ich erzähle Ihnen alles aus meiner Sicht, dann wird Ihnen Herr von Froschhausen schildern, was er ohne seinen Willen erleben musste."

„Wir hören."

Alle vier setzen sich und Herr Meininger legt seine Sicht der Dinge dar. Danach erzählt der junge Lehrer: *„Es war ein heißer Julitag im Jahre 1866. Meine Klasse war ungewöhnlich unruhig...*

Nach Beendigung der Berichte herrscht betroffenes Schweigen.

Die Beamten können nicht zugeben, was sie menschlich empfinden, für sie zählen Fakten. Und diese Fakten gibt es nicht.

„Bitte verstehen Sie uns nicht falsch, Herr von Froschhausen, was Sie uns erzählt haben klingt nach einer Tragödie. Doch es ist uns unmöglich, solch eine Story zu glauben. Wir müssen Sie bitten, uns aufs Revier zu begleiten. Richten Sie sich auf eine längere Zeit ein, denn Sie werden von Sicherheitsbeamten befragt."

„Geben Sie mir bitte ein paar Minuten Zeit, ich möchte nur noch etwas aus meinem Zimmer holen."

„Verstehen Sie es bitte nicht falsch, Herr von Froschhausen, aber mein Kollege wird Sie begleiten. Es besteht der Verdacht, dass Sie flüchten könnten."

„Ich habe nichts zu verbergen. Kommen Sie bitte!"

In seinem Zimmer nimmt Julius nur seine Aufzeichnungen mit sich und die Fotos, die ihm die Familie geschenkt hat. Die Sachen hütet er wie ein oberhessischer

Bauer seine Tabakspfeife und möchte sich nicht davon trennen.
Danach geht er zu der versammelten Familie und verabschiedet sich. Er spürt in seinem Inneren, dass etwas passieren wird. Egal in welche Richtung. Darum fällt sein Abschied so aus, als würden sie sich nicht mehr wiedersehen.
Jedes einzelne Familienmitglied nimmt er in den Arm.

„Ganz herzlich danke ich euch für alles, was ihr für mich getan habt. Ich habe hier eine neue Sicht der Dinge bekommen und werde sie, falls es denn einmal so kommen wird, mitnehmen in mein Ulfa. Nie vergesse ich euch."

„Bitte Julius, sei nicht so melancholisch. Du kommst zu uns zurück, da bin ich ganz sicher.", sagt Marion.

Florian klammert sich an Julius fest und weint bitterlich. Auch Jessi hat Tränen in den Augen.

„Bitte, Herr von Froschhausen, kommen Sie, es wird Zeit."

Gehorsam geht Julius mit den Beamten und steigt in das Polizeiauto. Hinter den Nachbarfenstern werden diskret die Gardinen beiseitegeschoben. So etwas darf man sich natürlich nicht entgehen lassen.

Kapitel 22

• • •

1866

Die Schulklasse von Julius Magnus von Froschhausen wartet auf ihren neuen Lehrer. Das ganze Dorf ist wie in einer Starre, denn niemand kann sich das Verschwinden des jungen Pädagogen erklären. Die Kinder beharren auf ihrer Aussage, dass der Lehrer vor ihren Augen verschwunden ist. Doch niemand glaubt ihnen. Wie auch, denn das ist schließlich unmöglich.

Das ganze Dorf hat sich auf die Suche gemacht. Sogar nachts sind die Leute mit Fackeln und Hunden losmarschiert.

In seinem Zimmer sitzt ein 20-jähriges Mädchen, dem das Verschwinden des jungen Mannes besonderes Herzweh bereitet. Sie ist nämlich heimlich in Julius Magnus von Froschhausen verliebt. Margarethe Ludwig heißt sie und hat große Angst, dass sie ihre bisher unerwiderte Liebe nie wieder sehen könnte. Jeden Abend betet sie für ihn und hofft, dass er zurückkommt. Doch die Tage vergehen und auch die Suche wurde eingestellt. In seinem Zimmer bei Frau Hinkel ist alles so, wie er es verlassen hatte, als er zum Unterricht ging. Auch seine Papiere hat er nicht mitgenommen. Nun beherrscht sie große Angst, dass ihm etwas zugestoßen sein könnte.

Der neue Lehrer heißt Georg Döll und kommt aus einem Nachbardorf. Er ist nicht mehr ganz so jung und wird sicher bald in Rente gehen. Seine Erziehungsmethoden sind

hart aber gerecht, wie er von sich selbst behauptet.
Ohne ein Lächeln betritt er die Klasse und lässt dabei seinen strengen Blick über die Köpfe der Schüler hinweggehen. Angstvoll stehen die Kinder vor ihm. Man hat ihnen schon viel von diesem Lehrer erzählt. Besonders von seiner grausamen Art, mit denen er den jungen Menschen Wissen einbläuen will.

„Du da mit den roten Haaren, komm zu mir und zeige mir deine Fingernägel!", sagt er streng zu Richard Meier.

Richard geht nach vorne und hält seine Hände mit ausgestreckten Armen hin.

„Das sollen saubere Fingernägel sein?"
Im nächsten Moment klatscht die Hand des Lehrers auf Richards Wange und hinterlässt einen roten Striemen.
Der Junge kann die Tränen nicht zurückhalten.

„Dafür, dass du heulst wie ein Mädchen, bekommst du noch eine Ohrfeige.", sagt der gnadenlose Lehrer und schlägt auf die andere Backe.

Das ist mehr als grausam, denn Richard hat schon lange bevor die Schule begonnen hat, seiner Mutter bei einer schweren Gartenarbeit geholfen. Seine Mutter ist Witwe und braucht die Hilfe ihres Sohnes. Damit er rechtzeitig in der Schule war, konnte er nicht die nötige Sorgfalt auf das Säubern der Fingernägel legen. Eine Erklärung gibt er erst gar nicht ab, denn er weiß aus Erfahrung, dass ihm das wieder nicht geglaubt würde.

„Ihr habt heute in der 1. Stunde Musik. Ich möchte testen, wie eure Stimmen sind, damit wir später einen Chor bilden können."

Zuerst kommen die Mädchen dran. Jede muss einzeln eine Strophe des Liedes ´Das Wandern ist des Müllers Lust` vorsingen.

Mit ihrem Gesang scheint der Lehrer einigermaßen zufrieden zu sein, denn er gibt keinen Kommentar.

„So, jetzt will ich hören, was die Jungen zu bieten haben“, sagt der streng blickende Lehrer und pickt sich zuerst Friedrich heraus. Friedrich zittert am ganzen Leib und ist nicht fähig einen einzigen Ton herauszubringen. Zu frisch ist noch die Erinnerung an die Strafe, die er von Herrn von Froschhausen bekommen sollte. Er glaubt nämlich, dass er schuld am Verschwinden des Lehrers ist.

„Sing endlich!“, schreit der Lehrer Friedrich an.

Doch Friedrich schweigt, es geht einfach nicht. Mehrfach setzt er an, doch nichts geschieht. Kein einziger Ton kommt aus seinem Mund.

„Das lasse ich mir nicht bieten!“, schreit der Lehrer noch lauter und bekommt dabei einen hochroten Kopf. „Das hat Folgen, die du gleich zu spüren bekommst.“

Er geht an das Lehrerpult und zieht aus seiner Tasche einen Rohrstock. Damit geht er auf Friedrich zu und befiehlt ihm, seine Hose herunterzulassen. Friedrich macht es, doch mit dem Mut der Verzweiflung schreit er aus voller Kehle:

„Ich wünschte unser Lehrer Herr von Froschhausen wäre wieder hier!“

Erschrocken halten sich die anderen Kinder die Hand vor den Mund und wagen kaum zu atmen.

Aber was sie dann sehen, verschlägt ihnen die Sprache und sie schauen sich gegenseitig entsetzt an. Etwa eine Minute lang herrscht totale Stille im Klassenzimmer.

Doch dann löst sich die Starre der Schüler und sie brechen in einen Jubel aus, wie ihn die Ulfaer Schule nie zuvor gehört hat.

Vor ihnen steht ein verdutzter Julius Magnus von Froschhausen, der nicht verstehen kann, was vorgefallen ist.

Wie angewurzelt blickt er in bekannte Gesichter und nur allmählich begreift er die wunderbare Tatsache, dass er wieder in seiner Zeit angekommen ist.

Fast schlafwandlerisch geht er auf jedes einzelne Kind zu, nimmt es in den Arm und schaut ihm liebevoll in die Augen. So etwas haben die Schüler noch nie erlebt und sie spüren, dass sich etwas ganz Besonderes ereignet haben muss.

Die Tür öffnet sich und genau der Lehrer, der beim Verschwinden des Herrn von Froschhausen aufgetaucht war, steht mitten im Raum. Als er sieht, was gerade geschieht, bilden sich Zornesfalten auf seiner Stirn.
Ärgerlich ruft er:

„Herr von Froschhausen, was geht hier vor? Wo ist Herr Döll? Wo waren Sie die ganze Zeit und wie sind Sie überhaupt angezogen? Ich verlange eine Erklärung!“

Früher hätte er zitternd vor dem autoritären Herrn gestanden. Doch sein Leben hat sich grundlegend geändert. Er hat keine Angst mehr. Er sagt nur langsam und bedächtig:

„Sie werden sie bekommen, sehr verehrter Kollege, Sie werden sie bekommen.“

Kapitel 23

• • •

2016

Seit gestern ist Julius weg! Florian vermisst ihn bereits jetzt und schaut traurig aus dem Fenster.
Was ist das? Er reißt die Augen auf und im selben Moment schreit er laut:

„Maamaa, komm ganz schnell her, in unserem Garten steht ein merkwürdig aussehender Mann.“

Ruckzuck ist die Mutter neben ihm. Sie rauft sich die Haare und ruft verzweifelt:

„Hilfe, nicht schon wieder!“